# コンフィデンスマンJP

## 英雄編

脚本／古沢良太　小説／山本幸久



ポプラ文庫

# コンフィデンスマンＪＰ　英雄編

# 1　ボクちゃん

　ここはどこだろう。

　昭和モダンというべき和洋折衷《わようせっちゅう》の造りの室内に、ボクちゃんはいた。燕尾服《えんびふく》に身を固め、椅子に座っている。ひとりではない。椅子が整然と並び、両脇にはリチャードと五十嵐《いがらし》が、他にもモナコやちょび髭、波子《なみこ》など、これまでのオサカナ釣りに協力してくれた、懐かしい面子《メンツ》が、正装で座っている。宿敵のはずの赤星栄介《あかぼしえいすけ》までいた。やや離れた席にスタアとジェシーらしき人影があるものの、顔ははっきり見えない。

　ダー子はどこだ？

　あたりを見回しているあいだに、ピアノを奏でる音がした。ショパンの『英雄ポロネーズ』だ。どうしていままで気づかなかったのか、目の前にグランドピアノがあった。弾いているのが、まさにダー子だった。綺麗なドレスで着飾り、鍵盤《けんばん》の上で巧みに指を動かしていた。彼女の横顔に視線を移せば、口角《こうかく》が僅《わず》かにあがっているのに気づく。あの笑みに騙されてはいけない。きっとなにか企んでいるにちがいないからだ。

　ピアノのむこうに壺がある。出窓から射しこむ朝焼けなのか、夕焼けなのかわからない陽光に照らされ、妖しく光っている。やがて『英雄ポロネーズ』はおわった。椅子に座るだれしもが手を叩く。ブラボォォと声をあげたのは五十嵐だろう。ダー子は深々とお辞儀をして去っていく。どうしたわけか、壺もなくなっており、室内は騒然とする。

ツチノコだっ。

そう叫んだのはリチャードだった。彼はカードを持った右手を高く挙げている。そこには太った蛇のような絵が、筆で描かれていた。

百年ほど昔の日本、不況で苦しむ人々をよそに、一部の政治家や財閥《ざいばつ》が富を独占していた。そんな彼らから自慢の美術品の数々を鮮やかに騙し取って、貧しい人々に分け与える者がいた。英雄だと褒め讃えられ、民衆に愛されてもいた。犯罪者達からも崇拝され、当代随一の腕を持つ者によって秘かに受け継がれている。その名こそがツチノコなのだ。

あっと思ったときには、ボクちゃんはべつの場所にいた。日本家屋の縁側に腰かけていたのだ。燕尾服ではなく、Tシャツに短パンというでたちで、身体がずいぶんと小さくなっている。自分は十二歳なのだとすぐに状況が飲みこめた。縁側では同い年のダー子に、いまよりもずっと若々しいリチャードもいて、この一ヶ月おのおの単独で知恵を絞り、計画を立て、手に入れた収穫品を比べているところだった。

子どもである利点を生かし、ボクちゃんが某資産家からせしめたのは、メジャーリーグで活躍する日本人選手のサインボールだ。我ながらよくやったと思う。だが他のふたりは段違いだった。

リチャードの前には金塊が積まれていた。悪名《あくみょう》高い宗教団体から騙し取ってきたのだ。ダー子が持参したアタッシュケースを開くと、その中には一万円札が隙間なく入っていた。ロリコンと噂される音楽プロデューサーに三百坪一万円の土地を五千万円で売りつけてきたという。

ふたりの手口を聞いているうちに、ボクちゃんは恥ずかしくてたまらなくなった。穴があったら入りたいとはまさにこのことだ。するとそのとき、真っ赤なランボルギーニが庭に入ってきて、縁側にいる三人の前で停まった。

降りてきたのは、三代目ツチノコだった。好々爺《こうこうや》然とした彼にはまるで似つかわしくないその車は、某公国の女王からのいただきものだったのだ。しかも戦利品はそれだけにとどまらなかった。三代目に命じられ、ボクちゃん達三人はランボルギーニからいくつものバッグを運びだした。そのいずれにも宝飾品が詰まっていたのだ。なおかつ三代目の話だと、地中海に浮かぶ島の一部までいただいてきたらしい。四人の中で、三代目がダントツのトップにちがいなかった。

いよいよもって、ボクちゃんは恥ずかしくなり、三代目の家を飛びだし、サインボールを山間へ投げ飛ばした。

自分の戦利品を捨てるとは何事だ。

背後からの三代目の声に、ビクリと身体を震わせ、ボクちゃんは泣きだしてしまった。そんなボクちゃんを自分の身体に引き寄せ、頭を撫でながら、三代目は慰めてくれた。

おまえにはリチャードやダー子、この私でさえ持っていない、詐欺師《さぎし》としては珍しい才能がある。それを活かせばよろしい。

「ボクちゃんっ。ボクちゃんったら」

瞼《まぶた》を開いた途端、ボクちゃんはギョッとした。ダー子の顔が、間近にあったからだ。

「近いよ、ダー子。ソーシャルディスタンスしないと」

「なに言ってんのさ。大事なミーティングの最中に寝ちゃうなんて、もってのほかよ」

「ご、ごめん」

ここは東京某所にある高級ホテルで、ダー子が暮らすスイートルームだ。ひさしぶりに呼びだされ、詐欺を仕掛ける相手であるオサカナの候補を、ダー子から聞いている最中だった。候補者は十数人にものぼり、ひとりずつの説明を受けていたところ、睡魔に襲われて寝落ちしてしまったのだ。床一面に候補者の写真が散らばっている。

「これでもう最後っ。いい？」ダー子はボクちゃんから離れていき、壁に貼ってあった男の顔写真を、ばんと叩いた。「インド映画における超有名にして、いちばんの実力派プロデューサーよ。彼に取り入って、日本で映画を撮りましょうと提案し、その制作費をまるまるいただこうっていう計画」

「どうやって取り入るんだい？」

そう訊ねたのはリチャードだ。寝てはいないものの、ひどく疲れた表情だ。ダー子の話を聞いていたからではなく、ここを訪れたときからずっとおなじ顔だった。

「私が彼の新作のオーディションを受けるのよ。そのためにマサラダンスも習ったんだから」

そう言うなり、ダー子は両手を頭の上であわせ、腰を振って踊りだした。

「すまんが、ダー子さん。それでは一次審査も通らないと思うが」

「まだまだこれからだって。先生には筋がイイって言われているわ」

「お稽古事の先生はみんなそう言うものだよ」リチャードが呆れ顔で言う。

「なによ、もう。ひとが一所懸命にやってるのにさ」ダー子は踊りをやめ、腰に手を当てた。「なんだかんだ言って、このオサカナも気に入らないわけでしょ？　いったいどうしちゃったのよ、ボクちゃん、リチャードッ。もう二年だよ。二年もオサカナ釣りしてないっ。あたしゃ干からびちまうよっ」

「ダー子」ボクちゃんはなだめるように呼びかける。

「ぼくは足を洗ったんだは聞き飽きたからっ」

それもあった。しかしだ。

「あのヤマンバが逮捕された」

新宿歌舞伎町《かぶきちょう》を根城にしていた女詐欺師だ。

「知ってるよ。自業自得」

「スタアは何者かに身辺を探られていると感じて国外へでた。ジェシーも危険を察知し、身を隠した」いずれも世界を股にかける一流の詐欺師で、ダー子達の競合相手でもあった。「何者かが包囲網を築いているのは間違いない。おまえも身に覚えがあるんじゃないのか」

「きっと私達の熱烈なファンなのよ」

「茶化すなっ。少しは真剣に考えろっ。いつか必ずおわりがくる。ぼくらを捕まえるヤツがあらわれるっ」

ボクちゃんは声を荒らげてしまった。だがダー子はどこ吹く風で、「リチャードは？」と訊ねていた。「捕まるのが怖いから、乗り気じゃないわけ？」

「ぼくは捕まるのが怖いわけじゃなくて」

ダー子の身に、なにかあってからでは遅いと心配でたまらないのだ。だがそれを言ったところで、ダー子が聞く耳を持つはずがなく、ボクちゃんは途中で口を閉ざした。

「私はどうやら情熱を失ったようだ」リチャードは溜息まじりに言う。「三代目ツチノコが亡くなって、かれこれ二年になるが、じわじわと効いてきてな。非道な詐欺師だった私が英雄と謳われる彼のもとで学び、すべてが変わった。きみたちとも出逢った。私の恩人であり、目標だった。その三代目がこの世を去り、私は目標を失った。ひとつの時代がおわった。そう感じている」

「リチャードも年なんだよ。日本の一般企業であれば、とうに定年退職している年齢なんだ。無理もきかない。余生を静かに過ごしたいんだ。ダー子、お前もこんな生き方はもう」

「うっさいなぁ。私はね。ひとに指図をされるのが大嫌いなのっ」

「一度くらい、ぼくの言うことを聞いたっていいだろ」

「ぜったい嫌。ボクちゃんの言うことを聞くくらいだったら、ニコラス・ケイジ主演の近作を十本立てつづけで見たほうがマシ」

「なんだよ、それ」

「ダー子さん」リチャードが静かに言った。「ほんとはきみも私とおなじく、心の火が消えたように感じているんじゃないのかな。三代目をいちばん慕っていたのも、彼からかわいがられていたのも、きみだからね。だからこの二年、きみは仕事をしていないんだ。今日だってこれだけオサカナ候補をあげているものの、どれも雑魚《ざこ》ばかりだ。正直、やる気が感じられない。きみだってここらが潮時だって、わかっているんだ」

ダー子は倒れるようにしてソファに座った。クッションが利き過ぎるせいで、ほとんど埋もれている。そしてしばらくの沈黙ののち、唐突にこう言った。

「三人で勝負する？　三代目のもとで学んでいた頃もよくやったでしょ、腕比べ。敗者は勝者の言うことに従うってやつ」

「いつも勝つのは三代目だった」リチャードが遠くを見つめながら言う。当時を思いだしているのだろう。「だがあれで我々は腕を磨いた。三人の原点だ」

「そう。おわるにしたって、このままフェイドアウトっていうのはどうかと思わない？　だったらさ。最後に一発、おっきな花火、ぶちあげようよ。『笑っていいとも！』だってグランドフィナーレを派手にやっていたでしょ。最後は原点回帰、三人で真剣勝負。もし私に勝ったらなんでも言うことを聞くよ」

「これで最後なんだな？」ボクちゃんは念を押すように言った。

「ラストゲームか」リチャードがにやりと笑う。「我々らしい決着のつけ方かもしれんな。受けて立とう」

「いつやるんだ？」とボクちゃん。

「二ヶ月あれば準備はできるでしょ」

「場所はどうする？」リチャードはすっかり乗り気だ。「国内じゃつまらんだろ。

海外にしよう。三人ともはじめての場所がいいな」

「だったらこれで決めよ」

ダー子がソファから起きあがり、どこからか地球儀を持ってきた。けっこうデカい。それをボクちゃんに渡すと、リチャードの背後にまわって、彼の目を両手で覆った。

「ボクちゃん、回して。もっと速くもっと速く。そうそう、そしたらこっちに寄ってきて。リチャード、いま目の前で地球儀が回っているからさ、指差して止めてちょうだい」

恐る恐る右腕を伸ばし、リチャードは人差し指を地球儀に近づけていく。

「えいやっ」

リチャードの掛け声と共に、地球儀が止まった。彼が指差したのは、ヨーロッパとアフリカのあいだ、つまりは地中海だった。

「ふたりとも動かないでっ」

ダー子が近づき、地球儀を押さえ、リチャードの指をどかし、その下を覗きこむ。ボクちゃんからも見えた。そこには地中海に浮かぶ島があった。

「マルタ共和国?」ボクちゃんが呟くように言う。

「さすがリチャードッ。経済成長率がEUトップクラス、近年では第二のモナコと称され、富裕層の移住先としては超人気、つまりはオサカナが入れ食い状態、こいつは春から縁起がいいや」ダー子はパチンと指を鳴らすと、ここにはいないだれかにむかって語りかけた。「目に見えるものが真実とは限らない。なにがほんとでなにが嘘か。織田信長《おだのぶなが》はほんとに本能寺《ほんのうじ》で死んだのか」

「ナポレオンの辞書には不可能の文字はなかったのか」とリチャード。

「チンギス・ハーンはジンギスカンを食べたことがあるのか」とボクちゃん。

最後に三人で声を揃える。

「コンフィデンスマンの世界へようこそっ」

## Ⅱ　俺

「ご安心ください、公爵夫人。マルセル真梨邑《まりむら》捜査官は見てのとおり、大変お若い方ではありますが、腕はたしかです。元パリ市警で、二十代にして多くの難事件解決に尽力した手腕から、インターポールが引き抜いて捜査権を与えた国際犯罪のエキスパートでしてね。食らいついた犯人は決して逃さないことから、狼の異名で呼ばれています」

リカルドは忠実な部下だ。仕事もできた。だからこそこの数年、現場には必ず連れてくる。だがひとつ、問題があった。強面《こわもて》でゴツい身体をしていながら、おしゃべりなのだ。俺の紹介など、そこまで長々しなくてもいい。

デボラ・ボナール公爵夫人は簡素なソファに座っていた。七十歳にしては肌に色艶があり、そこはかとなく色香も漂わせている。だがすっかり憔悴《しょうすい》しきった顔つきだ。そんな彼女に、毛布に包まった黒人の少年が寄りかかり、すぅすぅと寝息を立てていた。

ここはフランスのシャンパーニュ地方にある、公爵夫人の邸宅だ。事前にリカルドから渡された資料によれば、元は十九世紀末に建てられた修道院らしい。日本の建売住宅なら二、三十軒は優に建つだろう敷地にそびえ立っている。

より正しく言えば、いまいる北側の一階にある自室だけが、公爵夫人のプライベートな空間だった。屋敷自体は身寄りがない子ども達が暮らす施設なのだ。彼女は私財をすべて投げ打って社会奉仕に身を投じた結果、ここで慎ましく暮らしていた。

俺は窓の外を見た。三、四十人の子ども達が遊んでいる。五歳から十五歳くらいまでといったところだろうか。みんな無邪気で楽しそうだった。俺にもあんな頃があったはずだが、いまいち思いだすことができない。

庭のむこうには果てることがないほどのブドウ畑が広がっている。シャンパーニュ地方は大西洋からの偏西風の影響が大きく、夏と冬の寒暖差が少ない。一年を通して涼しく、平均気温は十一度程度だ。そして緯度が高く、日照時間が長い。二十一時間にも及ぶこともあり、それだけ畑のブドウは、太陽の光をふんだんに浴びることになる。さらに土壌にはミネラル分が多く含まれ、ブドウを育てるにはふさわしい土地なのだ。

パリから車を飛ばして、ここまで訪れたのだから、一杯くらい本場のシャンパンを呑みたいところだが、そうはいかなかった。

視線を窓の外から室内に戻す。修道院の面影を濃厚に残した部屋にあるのは、必要不可欠な家具だけだった。パソコンどころかテレビすらもない。質素にもほどがあるというものだ。

「あの」公爵夫人が徐《おもむろ》に口を開く。「この子の胸ポケットに入っていたカードですが、どうしてコブラの絵が描かれていたんですの？」

「コブラではありません」リカルドが答えた。「ツチノコといって、日本に生息すると言われている未確認動物の一種です。フランス語に訳せば、Marteau enfantになりますか。その名を名乗る義賊がおりましてね。ツチノコの名前は代々引き継がれ、三代目が二年前に亡くなり、何者かが四代目を継いだらしいと、闇社会ではまことしやかな噂が流れています。盗みを働いた際には、必ずあのカードを残していくのが、ツチノコの流儀でして」

「なにが義賊なものですか」公爵夫人が鼻息を荒くする。「身寄りのないこの子を誘拐して、ベルナール・ベーの『我が家』をよこせと脅したのですよ。やり口が汚過ぎやしませんか」

　昨日の夕方、ほぼ十七時間前だ。ブドウ畑へ手伝いにいった帰り、黒人の少年が行方不明になった。地元警察に報せ、方々を捜したものの、見つからない。

　すると夜更けに、公爵夫人に電話があった。名前を名乗らぬ相手は、少年と交換に施設の入口に飾ってある絵画をいただきたい、と告げた。それがベルナール・ベーの『我が家』だった。三千万ユーロは下らない代物を、どうしてそんな無防備なところに飾っておいたのか、訊ねたところ、シンガポールのフウ一族から寄贈されたもので、そこまで値打ちがあるものとは知らなかったらしい。

　十五分後、公爵夫人自身、邸宅の庭にドローンが到着する。空箱を運んでくるので、その中に『我が家』を額ごと入れればいい。こちらの手元に届き、本物だと確認でき次第、ふたたび電話をかけて、少年の居場所をお教えする。この件について警察に報せるのは勘弁願いたい。その場合、流したくない血を流さざるを得ないことになる。

公爵夫人は相手の言葉を忠実に守った。彼女にすれば、三千万ユーロの絵画よりも、身寄りのない十歳の少年のほうが大切だったのだ。尊敬に値する人物だ。福祉活動家の鑑《かがみ》と言っていい。

電話の相手はきちんと約束を守った。少年はここから百四十キロ離れた、パリ郊外にある安アパートの一室で見つかった。その胸ポケットにツチノコのカードが入っていたことで、俺の出番と相成った。地元警察としては面目丸つぶれだがやむを得ない。

ついさきほどまで、少年に誘拐されたときのことを訊ねていた。旅行者と思しき車に乗った男女に呼び止められ、公爵夫人の邸宅への道のりを訊かれたのだという。自分はそこに住んでいるのだと答えると、ちょうどよかった、車に乗って案内してもらえないかと、助手席の女性が言った。彼女は車をおりて後部座席へ移り、少年が助手席に乗りこむや否や、運転席の男性に突然、なにやら薬を沁みこませたハンカチで、鼻と口を覆われてしまった。それからパリ市警が救出に訪れるまで、意識を失っていたらしい。

十歳の少年にしては、理路整然としたきちんとした話し方だった。誘拐した男女についても、アジア人だったが、フランス語は流暢で、聞き取りづらいことはなかったそうだ。

「ツチノコは日本人なのですか」公爵夫人が訊ねてきた。

「そう考えて間違いないでしょう」リカルドが大きく頷く。「だからこそ日本にルーツを持つマルセル真梨邑捜査官が、ツチノコの捜査の全権を任されているのです。公爵夫人は日本へいかれたことは？」

「ずっと昔に」

「マルセル真梨邑捜査官のお母様は、日本の京都出身なんですよ」

「東京よりも古い、歴史のある町でしょう？　寺院をいくつか巡り、ホトケサマの像もたくさん見ました」

「お父様はパリ市警の腕利きで」

「リカルドくん、私の話はもういいだろ」俺はやんわりと言った。「詳しくお話はできませんが、犯人の目星はついています」

「ほんとですか」

公爵夫人が俺を見つめた。他人の嘘を見抜こうとする鋭い視線に、いささか気圧されながら、俺は話をつづけた。

「三代目ツチノコと親しかった日本人が、三人いるところまでは突き止めておりましてね」

「そのうちのひとりが四代目を継いだとお考えで？」

「はい。この三人は詐欺師でしてね。チームを組んで、日本国内のみならず、香港《ほんこん》とシンガポールで、ずいぶん派手に暴れまわり、その際に関わった人物を見つけだし、事情聴取もおこなっています。ところがなかなかどうして、尻尾を摑むことができず、いまだ身許がわかりません。それというのも、この二年間、三人はすっかり鳴りを潜めていまして、まるで足取りが摑めないのです。そんな三人と入れ替わるかのように、ツチノコが犯行を重ねるようになりました。ジャコメッティの『眠る老人』、ピカソの『怒る女』、広重《ひろしげ》の『神田扇橋』と、この二年間に高価な美術品が片っ端から奪われています。となると」

「三人のうちのひとりが、ツチノコとやらを襲名し、詐欺師から義賊とは名ばかりの盗人に転向したということ？」

「その可能性が高いと思われます」

「この子をさらった男女のいずれかがツチノコだったのかしら」

「どうでしょう。これまでの犯行から考えるに、五人から十人、ときにはもっと多人数の組織的犯行の場合もありました。なんにせよ必ずやツチノコを捕まえ、ベルナール・ベーの『我が家』を取り返してみせます。念のため、申しあげておきますが、捜査継続中なので、ツチノコに関しましては、マスコミをはじめ、だれにも洩らさないようお願いします」

俺が言いおわる間際で、質素な室内には似つかわしくない、スマホの着信音が鳴り響いた。リカルドのものだった。

「もしもし。ああ、そうだが。なに？　ほんとか。嘘だったらただじゃおかねぇぞ」

上品とは言い難い言葉遣いに、公爵夫人が眉間に皺を寄せた。

「どうした、リカルド」

「捜査官、いまおっしゃった三人ですが」

「見つかったんだな。いったいどこにいる？」

「三人揃ってマルタ共和国にあらわれたそうです」

## Ⅲ　ボクちゃん（一日目）

「やってきました地中海っ。世界中のセレブが集まるタックスヘイブンで史上最大のバトルがいまはじまるっ。はたして勝つのはだれなのかっ。華麗なる詐欺師の宴へようこそっ」

ダー子が映画の宣伝文句みたいな台詞を言いながら、広場を歩いていく。

「でかい声で詐欺師とか言うな」ボクちゃんが周囲を見ながら注意する。「まわりをよく見ろっ。日本人の観光客だっているんだぞ」

いまいるのは共和国広場だ。所狭しとオープンテラスのカフェが並んでおり、昼時ということもあって、けっこう混雑している。

「詐欺師が詐欺師ですって、昼日中から言ったって、だれも信じやしないって」ダー子はさらに大声をだす。はしゃいでいると言うか浮かれているようだ。「それにしても三人で腕比べなんて、ワクワクが止まらねえぜっ」

「遊びじゃない」ボクちゃんはいきり立ち、声を荒らげてしまう。「これは人生をかけた真剣勝負だ」

「我々は所詮一匹狼、いずれ戦うさだめだったってことだろう」

リチャードが決め台詞のように言う。

「詐欺師ナンバーワンを決めるってのに、この俺を忘れては」

「ちょっとやだ。五十嵐、どうしてここにいるの？」

「ど、どうしてってダー子ちゃん、そんな殺生なことを言わないでくれ。日本をでたときからずっといっしょだったろ。っていうか協力してくれと言ったのはきみじゃないか」

「あら、そうだったかしらね。ま、いいわ」

ダー子は足を止めた。他の三人もだ。背後にはビクトリア女王の像がそびえ立っている。

「勝負の期限は七日間。ルールは無用、だれと手を組むのも裏切るのも自由」とリチャード。

「現金でも物品でもいい。もっとも稼いだ者が勝者だ」つづけてダー子。

「敗者は勝者の言うことを聞く。どんなことでも」これはボクちゃんだ。「異論ないな」

「どんなことでもと言うのは、ああいったことやこういったこともかな」五十嵐が口を挟んできたが、三人はとりあわず、はったと睨み合ったままだった。

「では七日後のこの時間この場所で」リチャードがたしかめるように言う。

「ザラストコンゲームグランドフィナーレバトルロワイヤル！　スタート！」

「長いっ」ボクちゃんがダー子にツッコんでから、三人はべつべつの方向へ歩きだす。少し遅れて五十嵐はダー子のあとを追いかけていった。

ダー子が言ったタックスヘイブンとは、所得や財産などに対する税が先進諸国などと比べ、格安か皆無である地域や国家のことだ。資源や産業に恵まれないため、他国の企業や個人の物流あるいは資産などを税制上優遇することで自国に呼びこむのが目的である。資産が非課税のイギリス領ケイマン諸島、所得が非課税のモナコ公国などが有名どころだろう。

マルタ共和国では二〇一四年に個人投資プログラム、Individual Investor Program、略してIIPを立ち上げた。マルタ共和国に一定の投資をするなどの条件を満たしさえすれば、外国人に特別に市民権を与えるという政策である。平たく言えば、富裕層の外国人をマルタ共和国の国民にしてしまおうというわけだ。ほぼ一年で四百件以上の申請を集め、その結果、海外からの直接投資が四億五千万ユーロを超えたらしい。

数年経ったいまでもこの数字は右肩上がりで、マルタ共和国は好景気だ。首都ヴァレッタの中心部ではビルの建設が多く進んでいる。ボクちゃんが一週間滞在する、このホテルのすぐ隣にも高層マンションが建つらしく、窓の外はその骨組みしか見えない。しかもゴガガゴガガと終始、工事音が鳴り止まず、部屋ぜんたいが弱震程度の揺れがつづいていた。

ボクちゃんはベッドの脇に腰を下ろし、スマホを取りだす。画面を何度かタップすると、そこにあらわれたのはやたら広くて装飾品に溢れた、派手な部屋だった。ダー子が宿泊するホテルである。必要最小限のものしかないこの部屋とは大違いだ。宿泊料は三倍、いや、五倍はするだろう。窓の外は工事現場ではなく、青い空と地中海が広がっているにちがいない。

テーブルでランチを摂っているのは、ダー子と五十嵐の他に、ちょび髭とモナコまでいた。モナコは二年以上前に、香港で知りあった女の子で、ダー子を師匠と仰いでいる。しばらく連絡が取れていなかったが、どうやら今回、ダー子が呼びつけたのだろう。

「あんた達、ぜったいに裏切るんじゃないよっ」

ダー子が漫画にしかでてこないような肉の塊に食らいつきながら言う。

「私は師匠の一番弟子ですっ。一生ついていきます」

即答したのはモナコだ。健気《けなげ》なものだとボクちゃんは思う。

「冷静に考えて、ダー子さんにつくのが確実ですから」

言ってくれるじゃないか、ちょび髭。

「とくに五十嵐っ」ダー子がキッと睨みつける。

「俺がダー子ちゃんを裏切る？　莫迦《ばか》言わないでくれよ。俺はきみの守護天使だぜ」

なに言っているんだか。ボクちゃんは苦笑を禁じ得なかった。いや、むしろウマい演技だと褒め讃えるべきだろう。五十嵐はボクちゃん側なのだ。彼はダー子の客室にぜんぶで五台、超小型監視カメラを仕掛けた。これは、そのうちの一台の生中継なのだ。

「裏切ったら体毛ぜんぶ抜くからねっ」

「お願いしたいくらいだ」

ダー子の脅しに、五十嵐はにやつくばかりだった。


二ヶ月前だ。東京某所にある高級ホテルのスイートルームで、三人で勝負だと決めた直後、ボクちゃんはリチャードに話があると誘った。そして彼の行きつけのバーへむかった。

「ぼくのほんとの望みは、自分が足を洗うことじゃない。ダー子を引退させることなんだ。ねぇ、リチャード。ぼくらが組めばアイツに勝てる。三人で引退しよう」

しかしボクちゃんの提案を、リチャードは受け入れなかった。

「ボクちゃん。私は他人に生き方を押し付けるほど傲慢ではないんだ」

「アイツを守るにはこれしかないんだよ。さっきも言っただろ。スタアもジェシーも行方知れずだ。何者かが包囲網を築いているとしたら、アイツを守るには引退しかないんだよ」

「だったら、きみがもっとしたたかにならんと駄目だろう。ひとの善意にすがってどうする？　その甘さが抜けないかぎり、きみはダー子さんには勝てない。もちろんこの私にもな」

　ボクちゃんは言葉に詰まった。

「それに私は正直、この話にワクワクしている。我々はいつの間にか馴れ合いすぎていたんじゃないだろうか。本来三人とも商売敵のはずだ。本気で戦うのも悪くない」

「なにがほしい？　ゲームに勝ってなにを望む？」

「なにも。強いて言えば誇りだ。私のほんとの力を見せよう」

　リチャードはバーボンのストレートを一気に呑み干し、席を立った。

「それともうひとつ。きみが言う包囲網だがな。たぶんインターポールだろう。狼と呼ばれる捜査官が、我々を追っているそうだ。ダー子の心配よりも、自分自身の心配をすべきじゃないかな」

　リチャードに断られても、落ち込みはしなかった。想定内だったからだ。ただし彼と本気でやりあわねばならないのかと怖気《おじけ》づいたのはたしかだ。

　気持ちを切り替え、つぎに協力を求めたのは五十嵐だった。その翌日、彼の指定で向かった先は、新宿の百人町《ひゃくにんちょう》にある中華料理店だった。

　いわゆる町中華のその店で、待ち合わせかと思いきや、ボクちゃんが席に着くなり、五十嵐が厨房からでてきた。コック帽を被り、白衣を身にまとってだ。二年前からここで働いているのだという。

「俺と組みたいっていうのか」

「モナコとちょび髭はダー子につくだろう」

五十嵐がつくった炒飯を食べながら、ボクちゃんは言った。

「俺はそうしないとなぜ思う？」

「ダー子はあんたと組むんじゃない、利用するだけだ」

ボクちゃんの言葉に、五十嵐は顔を強張らせた。

「あんたのほんとの力はダー子を凌ぐはずだ。だがアイツの前だと、つい道化を演じる。いつまでそんな関係で満足なんだ？」

「痛いところを突いてくるじゃないか」

「ぼくが勝ったらアイツを引退させる。そのあとは、あんたがアイツを自由にすればいい」

「ダー子ちゃんを、俺の自由に？」

「ああ、そうだ。×××とか×××とか、あんたの自由だ」

「×××とかも？」

「ぼくが勝ったらね。そういうルールなんだ」

五十嵐は頬を緩ませる。そしてコック帽を取り、どこからか取りだした櫛《くし》で、髪を梳《と》かした。

「おまえはいいのか、ボクちゃん。俺がダー子ちゃんを自由にしても？」

「ぼくとアイツはなんでもないよ」

それが強がりであることは、ボクちゃん自身、よくわかっていた。


ランチを食べおえたダー子達四人が、リビングに移動したので、ボクちゃんはその部屋に仕掛けた超小型監視カメラに画面を切り替えた。

「オサカナ発表、ドォォォンッ」

ボクちゃんのスマホの中で、ダー子が叫ぶ。リビングにはプロジェクターが設置してあり、その画面に彫りが深くて、少し前であればチョイワル親父と呼ばれたであろう男の顔が、デカデカと映しだされていた。

「ジェラール・ゴンザレス。白くてイケナイ粉の密輸貿易で財を成したスペイン人よ。まあ簡単に言えば元マフィア。早々に引退して、いまではここマルタ共和国で悠々自適の生活を送っているってわけ」

画面が切り替わり、踊っているような女神像があらわれた。素材は大理石のようだ。

「行方不明の古代ギリシャ彫刻、通称『踊るビーナス』。ゴンちゃんが裏ルートで入手し、秘かに自慢している代物よ。市場にでれば一千五百万ユーロ、日本円に換算すれば約二十億円。キャッホォォォォ。優勝間違いなしっ」

「たしかにそうだけど、なかなかヤバイ相手ですね」

ちょび髭の言うとおりだ。なにもわざわざ元マフィアをオサカナに選ぶ理由がわからない。

「しくじったら地中海の鮫《さめ》のエサになるだろうね」ダー子はクスクスと笑う。「それだけに臆病なボクちゃんなんか手をだすはずないでしょ」

「なんだとっ」

スマホを見ながら、ボクちゃんはいきり立ち、つい声にだして言ってしまう。

「今週末、地元の警察はノッテ・ビアンカの警備で手一杯だろうからね。ちょうど狙いどきなんだ」

ノッテ・ビアンカとはイタリア語で白い夜という意味で、首都ヴァレッタで十月に開催されるフェスティバルだ。二〇〇六年にはじまった比較的新しいイベントではあるものの、マルタ共和国では最大規模の芸術と文化の祭典である。ふだんの夜は物静かなヴァレッタもこの日ばかりは一晩中大賑わいらしい。

シティゲートから聖エルモ砦までの街並みはライトアップされ、すべての広場のみならず路上で、音楽、ダンス、演劇、デジタルアート、展示会などといったあらゆるジャンルの催しが、有名無名のアーティストによって繰り広げられるという。

それだけではない。レストランやバーが夜通しオープン、なんと美術館や宮殿までもが門戸を開き、無料で観覧できてしまう。ダー子が言ったとおり、地元警察が許欺師を相手にする余裕はなさそうだ。だからこそこの時期を狙って、マルタ共和国を訪れ、腕比べと相成った。

「五十嵐、あんたのお相手はこの子」

画面は『踊るビーナス』の写真から、目紛《めまぐる》しく色が変わる照明を浴びながら、ポールのまわりで半裸というかほぼ全裸で踊る女性の動画に変わった。ダー子も彼女のダンスにあわせて踊りながら言った。

「ゴンちゃんがデレデレの内縁の妻、レナよ」

「日本人？」とちょび髭が言う。

「そのとおり。これは六本木の法律ギリギリアウトの店で踊っていた頃の動画よ。五十嵐、あんたの相手はこの子よ。好きなものはお金と男。その他、詳しいデータはスマホで送っておくわ」

「ゆるゆるギャルね」五十嵐の声がする。超小型監視カメラでは彼のうしろ姿しか見えない。だが鼻の下を伸ばしている顔は、簡単に想像できた。「いちばん得意だ。お任せあれ」

おいおい、まさかぼくを裏切るつもりじゃないだろうな、五十嵐。

だいじょうぶだった。

五分もしないうちに、五十嵐からレナについての詳しいデータが送られてきた。

畠山麗奈《はたけやまれな》、二十三歳。栃木県真岡《もおか》市出身。七年前に両親が離婚、その後一年も経たないうちに母親が病死をしていた。幼い弟と妹を育てるために、六本木のクラブで年齢を偽り、ダンサーとして働きだした。

二年前、ゴンザレスが来日した際に麗奈を見初め、さらうようにしてマルタに連れ帰った。彼女はその代わり、真岡市内の施設に預けた弟と妹に毎月五十万円、ゴンザレスに仕送りをしてくれと頼んだらしい。

ゴンザレスは毛むくじゃらで強面の野獣みたいな男だが、麗奈は本来、細身の眼鏡男子がタイプと、データに記されていた。いちばんのお気に入りはダニエル・クレイグ版００７で、Ｑを演じたベン・ウィショーだという。

「健気でイイ子じゃないか」

ジェラール・ゴンザレス、ダー子が言うところのゴンちゃんとお近づきになるには、この子と知り合いになり、信用してもらうのがベストだろう。

あまり日がない。しかもダー子を出し抜くのであれば、明日、いや、今日にでも麗奈と知りあっておいたほうがいい。五十嵐から送られてきたデータには、ゴンザレスの家の住所もあった。

とりあえずいってみるか。

ボクちゃんは旅行鞄から、小型のケースをだす。開くと、その中には変装用の眼鏡が一ダース入っている。そのうちのひとつ、Ｑ役のベン・ウィショーのとほぼおなじカタチの眼鏡を手に取った。

十六世紀後半、日本が戦国の世だった頃、ここマルタでもほぼ四ヶ月にも及ぶ戦いが繰り広げられていた。聖ヨハネ騎士団が治めるマルタ島を当時、地中海世界の大半を覆い尽くす勢力を持つオスマン帝国が襲った、マルタ大包囲戦だ。諸説あるものの、オスマン帝国はほぼ三万人、対する聖ヨハネ騎士団は一万数千人、そのうちの一万人は武器がまともに扱えない民兵だった。にもかかわらず聖ヨハネ騎士団はオスマン帝国の包囲軍を撃退、勝利を収めた。その後、オスマン帝国の再攻撃に備え、街ぜんたいが要塞《ようさい》として建設された。四百数十年経ったいまも、要塞としての機能はそのままだという。一九八〇年にはヴァレッタ市街は世界文化遺産に登録されてもいる。

そしていま、その街並はオレンジ色だった。

石造りの重厚な建物が並ぶその光景は、ヨーロッパの他の都市でも多く見受けられ、珍しくはない。しかしマルタの場合、建物の素材はマルタストーンと呼ばれるハチミツ色の石灰岩《せっかいがん》だ。そして陽を受けるとオレンジ色に輝くのだ。すでにノッテ・ビアンカのためと思しき装飾や電飾があちこちに施されており、祭りを控えているせいか、町はどこか浮き立っているように思えた。

いかん、いかん。観光じゃないいんだ、町の美しさに見とれたり、祭りに浮かれたりなんか、していられない。

ネットで調べたところ、ゴンザレスの自宅は宿泊先のホテルから徒歩で二十分ほどだった。マルタには電車がないので、交通手段はバスかタクシーとなる。だがボクちゃんは歩きだ。いまのうちに町に馴染んでおくべきだと思ったのである。なにかの弾みで追われる羽目になったとき、じょうずに逃げ果《おお》せるためでもあった。

「ウッジューライクジャパニーズパスタァ」へタクソな英語が聞こえる。少し先にある道端に止めた移動販売車からだ。日本人にちがいない。しかもボクちゃんはその声に聞き覚えがあった。「マイジャパニーズパスタァ、ベリーデリシャァス」

波子《なみこ》？

未亡人詐欺を得意とするプロのハニートラッパー、波子にちがいなかった。

なぜここに？

と考えるまでもない。波子はリチャードのお気に入りなのだ。ただしいい様に利用されているのは、リチャードのほうだった。詐欺師がハニートラップに引っかかってどうするんだといつも思う。しかし当のリチャードは気にすることなく、嬉々として鼻の下を伸ばしているだけだった。

ただし、いまここには彼の姿はない。私のほんとの力を見せようとか凄んでおきながら、波子を呼びつけるなんて、どういうつもりなんだ？

ヴァレッタは碁盤《ごばん》の目のように整備されているので、道に迷わず、ゴンザレスの住所に辿り着くことができた。しかしだ。

間違いなく、ここなんだけど。

勝手に豪邸を想像していたのだが、まるでちがった。石灰岩を積みあげてつくった建物が長屋のように隙間なく並ぶ、そのうちの一軒だったのだ。どこの家も道に面したところに、大きな木製のドアがあり、色は赤、青、黄色とさまざまで、ペンキがすっかり剝がれて、色褪せたものもあれば、つい最近塗り立てのものもある。たぶんゴンザレスの自宅と思しき家のドアはピンク色だった。伸びをする猫を模したドアノブも愛らしい。ただよくわからないのが、ドアの脇にある表札というか、プレートだ。そこにはこう記されていたのだ。

〈Que Será, Será〉

ケセラセラ。

アルフレッド・ヒッチコックの『知りすぎていた男』の主題歌で、主演女優のドリス・デイが唄っていたことくらいは、ボクちゃんだって知っている。そしてまた、スペイン語で、なるようになるさという意味であることもだ。ゴンザレスがスペイン人だからか。でもなぜ、それをわざわざ家の前に掲げている？

「なにかお困りですか」

背後から日本語で声をかけられ、ボクちゃんはビクリとしてしまう。ふりむくと、そこにいたのは麗奈だった。無地で白のTシャツにジーンズ、そして花柄の透かしロングカーディガンを羽織って、ぱんぱんに膨れたトートバッグを右肩に担いでいた。六本木で踊っていた頃とはまるでちがい、清楚な雰囲気を漂わせている。

マルタは元イギリス領だったこともあり、公用語は英語のため、外国人留学生が毎年万単位で、英語留学に訪れている。日本人も多く、いまの麗奈はそのうちのひとりであってもおかしくないくらいだった。

「いえ、あの、けっして怪しいものではありません」

「怪しいだなんて、一言も言ってませんわ」

麗奈が小さく笑う。ボクちゃんも釣られて笑いながら、このチャンスをどう活かせばいいものか、脳みそをフル回転させる。

「ぼく、美術商の沼田《ぬまた》と申します。同業者の仲間から、ほんとに値打ちのあるものしか興味を示さない目利きの上客である、ゴンザレスさんという方のご自宅が、このあたりだと伺い、ひとつご挨拶に伺おうと思いまして。住所だとこのピンク色のドアの家がそうらしいのですが、表札にはケセラセラとしか記されていなくて」

「家の名前です」

「は？」

「マルタでは家に名前をつけて、こうして表に掲げてあるんです」

「どうしてですか」

「さあ」麗奈は首を傾げた。「私のダーリンはスペインから引っ越してきたんですけどね。元々、この家の名前はスペイン語のケセラセラだったのが気に入って、ここにしたと言っていました」

「ダーリンというのは」

「目利きの上客のゴンザレスですよ」

「あなたは奥様？」

「籍は入れていませんが、ここで二年以上いっしょに暮らしています。もしかして沼田さんって」麗奈はボクちゃんの顔を見つめてから言った。「ご出身は栃木？」

「あ、はい。わかりますか」

引っかかったぞ。

これまでずっと、ごくさりげなく栃木弁のイントネーションで、話していたのである。沼田というのは以前、美術鑑定士にして評論家でもある城ヶ崎善三を罠にかけたときの偽名だ。茨城《いばらき》の三流美術商という設定だったので、茨城弁を必死に覚え、さらに完璧にするため、栃木出身のU字工事と茨城出身のカミナリの漫才をユーチューブで聞きまくり、栃木弁と茨城弁のちがいまでマスターしたのだ。そのときの成果が、いまここで発揮されるとは思ってもいなかった。

「わかるって。栃木のどこけ」

「下野《しもつけ》だべ」

「ウチ真岡だっぺな。そうかい、栃木かい」

「日本から遠く離れた地中海で、よもや同郷の方と会えるとは、思ってもいなかったべ。きっと天国の親父とおふくろが引き合わせてくれたにちげえねぇ」

「ご両親を亡くされているのけ」

「かれこれ十年だべ。あと十年、弟と妹が大人になるまで稼がねといけねくて」

「ウチといっしょだ」

「いっしょというのは」

「ウチにも弟と妹がいて、十一歳と八歳なんだべ。沼田さんとこは」

「十二歳と十歳」

「ほんとけ？　両親いなくてどうしてる？　ウチは施設に預けとるけど」

「オラん家もそうだ。美術商になってからは東京に暮らしてて、しかも一年の三分の二は海外出張だから、なかなか会えなくて」

「ウチもそう。この二年間、リモートだけで、生身のふたりに会っていなくて、ふたりには寂しい思いをさせとる。いつもならアポなしの美術商なんか、門前払いだけど、同郷で似た境遇のひとを追い返すのも心苦しいけ、とりあえずあがってさぁ」

よっしゃ。

ボクちゃんは胸の内で、小さくガッツポーズをした。

ところがだ。

「あら、ダーリン、お客様だったの？」

玄関をあがってリビングに入ると、ダー子と五十嵐がいたのだ。ふたりとテーブルを囲む男性に、麗奈が英語で声をかけた。強面で毛むくじゃらな彼こそが、ゴンザレスにちがいない。

「客と言えば客なんだがね。そちらのおふたりは？」

「日本からきた美術商で、沼田さん。そちらの方は？」

「日本国大使館の方々だそうだ」

「防衛駐在官を務めております、海上自衛隊一等海佐、佃麻衣《つくだまい》であります」

ダー子がすっくと立ちあがり、麗奈に一礼をしてから、そう名乗った。まさにその制服を身にまとっている。

「私は民間警備会社から外務省へ出向しております、警備対策官の富田林保《とんだばやしたもつ》と申します」

五十嵐もまた立って、挨拶をした。こちらは地味なスーツ姿である。

これはまた大仰なものにバケてきたな。

ボクちゃんはダー子の真意がわからず、戸惑うばかりだった。防衛駐在官は防衛省から外務省に出向した自衛官で、防衛に関する事務を、警備対策官は主に日本の在外公館の警備に従事する外交官の官職である。いくらバケるにしても、あまりに大胆というか、正気の沙汰とは思えなかった。

　さらにボクちゃんはふたりの背後に飾られた絵画に、目を引かれた。イタリア人画家、カラヴァッジョの『トランプ詐欺師』だ。もちろん複製だろう。それでも絵の凄さは伝わってくる。左側には高価な服を身にまとう世間知らずな少年がいる。年配の男がうしろに立ち、自分が持つカードを覗きこんでいるのに、少年はまるで気づいていない。右側にもうひとりの少年がいて、ベルトのうしろに余分なカードを隠しており、年配の男が穴だらけの手袋を塡《は》めた右手で二本指を立て、彼に合図を送っていた。つまりふたりがかりで、左側の少年をカモっているのだ。

「大使館の方達がどうして我が家にいらしたのかしら」

　麗奈が当然の疑問を口にするのを聞き、ボクちゃんは絵画から視線を外した。

「ネット上でおふたりへの脅迫や殺害予告が多数見られまして、かなり危険な状況だと我々は分析しております」

「ダーリンは引退して真面目にやってるの」麗奈は心外だと言わんばかりだ。「狙われる覚えなんかないわ。だいたいそれって、大使館が口をだす問題ではないんじゃありません？」

「危険が迫っている以上、邦人保護は大使館の職責。なにかあってからでは遅いのです」

　ダー子が冷ややかに言い返す。

「非公式に入手した高価な美術品は、犯罪の標的になりやすいんですよ、奥さん」

「高価な美術品なんて我が家にはないわ」五十嵐に言われても、麗奈は笑うばかりだ。「ご覧のとおり慎ましい暮らしをしているのよ」

「『踊るビーナス』」ダー子の言葉に、リビングは一瞬、凍りついたようになる。

「ウチのことかしら？」と麗奈。「こう見えても昔、六本木でダンサーとして踊っていたことがあるのよ」

「現在、行方不明の古代ギリシャ彫刻です」ダー子がぴしゃりと言った。「ネット上での脅迫や殺害予告には、あなたが『踊るビーナス』を所有していることを匂わせています。世界に誇るべき遺産を、一個人が独占欲のみでせしめている行為は罪に値し処罰すべきだ、このまま世に公表しないのであれば、いかなる手段をもってしても、『踊るビーナス』を奪取する所存である、その際にはゴンザレスおよびその家族を命の危険にさらすことも辞さないとまで書いている者もいるのです」

「いくらそう言われても、知らんものは知らんのだ」

「嘘はいけません。私の目を見てください」

ダー子が注意するように言う。まるで母親だ。それまで泰然として構えていたゴンザレスが、落ち着きを失うのがわかった。

いったいどうしたのだろう？

「も、もしも警備が必要とあらば、俺には気の荒い子分達が何人もいるんでね。一言かければたちどころに集まってくるので心配は無用だ」

「莫迦おっしゃい」ダー子は母親みたいな口ぶりをつづけている。「警備は喧嘩ではないのよ。私はプロ。犯人を捕まえた暁にはですね。富田林さん、お立ちいただけますか」

「は、はい」

「こんなふうにお仕置きしてやりますっ」ダー子は五十嵐のお尻を叩きだす。「ペシィイン、ペシィイィン」

なにをやっているんだ、ダー子は？

わけがわからない。しかしゴンザレスの様子が明らかにおかしいのには気づいた。なぜか顔が赤く上気しているのだ。その変化に麗奈も気づいたらしい。

「ダーリンッ。どうしたの」

「あ、いや、なんでもない」麗奈の言葉にゴンザレスは我に返ったようだった。「そうだ、麗奈。夕食の支度はこれからだよな」

「そうですけど」

「みなさんに和食をふるまったらどうだ。うん。ぜひそうしたまえ」

鯖《さば》のみそ煮、だし巻卵、ひじきの煮物、豚肉の生姜焼き、唐揚げ、肉じゃが、卯《う》の花《はな》、あとなんだっけかな。

ボクちゃんはベッドに仰向けになっていた。ベルトを緩めても腹はぱんぱんで、苦しいくらいだ。麗奈のつくった料理は絶品だったのである。しかもガツガツ食べるひとが好きという彼女の言葉に乗せられ、五十嵐とふたりで大食いグランプリ並みに食べてしまった。和食なのはたしかだが、その品目はいわゆる家庭料理だった。しかし家庭がないボクちゃんにすれば、日本でだって滅多にありつけないものばかりだった。

明日は終日外出するので、明後日またきたまえ。詳しく話を聞こう。

帰り際、ゴンザレスにはそう言われた。丸一日無駄になるが、まずまずの出だしと言っていい。明日は一日、『躍るビーナス』を手に入れるための策を練ることにしよう。

パンツのポケットで、スマホが震えていた。取りだして画面を見ると、ダー子からの電話だった。

「私とタイマンを張るとは、イイ根性しているじゃないの」

なんの挨拶もなしに、ダー子がいきなり言った。

「『踊るビーナス』の噂は耳にしていたからな」ボクちゃんはちょっと強気に言い返す。「ただ単にオサカナが被ったってだけさ」

「なるほど。そもそもマルタは狭い国だしね。それもやむなしか。まあ、いいわ。でもゴンちゃんはもう私のベイビーよ。オサカナ変えるんだったらいまのうち」

「ゴンザレスがえらく興奮していたが、あれはいったいなんだったんだ？」

「ゴンちゃんの優しくて厳しいママは軍人さんだったのよ。家でも制服姿でいることがあって、そんな彼女にいつもお尻ペンペンされていたんだって。だからいまだに軍服女子に弱いの」

世の中にはいろんな人物がいるものだ。

「で？　なんの用だい？」

「私達の正体をバラさなかったことへのお礼よ」

「そんなことしたら、ぼくの正体もバラすだろ」

「はは。そりゃそうだけどさ。ま、お互いフェアにやろうね。それじゃ」

## Ⅳ　俺（二日目）

まるで野良犬だな。

その男を見て、俺は思った。

日本人にしては長身で、百九十センチ近くはあるだろう。しかし薄汚れたトレンチコートに安手のスーツは、黄金一色の彫刻に包まれたこの場所には、まるで似つかわしくない格好で、その貧相さが際立っていた。こういう輩とは絡みたくない。

しかしここはひとつ、仕事のためだと割り切るしかない。

マルタ共和国の国民の大多数はカトリック信者だ。そのため東京都二十三区の半分しかない国土には、至るところに教会があった。その中でも俺がいまいる聖ヨハネ准司教座聖堂、いわゆる聖ヨハネ大聖堂は格別と言っていい。外観はよその教会と、さほど変わるところはなく、ごくシンプルだ。しかし中に入った途端、どんな人間でも息を吞む。かく言う無神論者の俺でさえそうだった。豪華絢爛《ごうかけんらん》な装飾に圧倒されてしまうのだ。

四百数十年前、十六世紀後半にマルタ騎士団によって建てられたのだが、それぞれの母国から膨大な資金が投入されたらしい。メインである聖堂だけでも、天井にはマルタ騎士団の守護聖人、聖ヨハネの生涯が描かれ、側面部には騎士団の出身地、イングランドおよびバイエルン、フランス、プロヴァンス、オーヴェルニュ、イタリア、ドイツ、アラゴン、カスティーリャと八言語ごとの礼拝堂があって、各々の守護聖人が祀られていた。

野良犬は耳にイヤホンをしていた。日本語のオーディオガイドを借りたにちがいない。おまえは観光にきたのかと一喝してやりたいところを、俺はぐっと堪えた。それよりも腹立たしいのは、野良犬の靴だった。買ってから、一度も手入れをしたことがなさそうな革靴なのだ。色鮮やかな大理石の床はすべて騎士団員の墓碑で、ヒールのある靴で入ることはできない。であれば、この薄汚れた靴も、騎士団を侮辱するものとして、禁ずるべきではないか。

「ミスター・タンバ？」

俺の隣を歩くリカルドが声をかけると、野良犬はイヤホンを外し、こちらをむいた。

「あ、どうもどうも。えぇと、マイネーム・イズ・タンバ。アイムフロムジャパンメトロポリタン」

「日本語でかまいませんよ」俺は言った。

「そ、そうでしたか。ははは。助かります。えっと、あなたがインターポールのマルセル真梨邑さん？」

「はい。そして彼が部下のリカルドです」

「私が警視庁捜査二課の丹波《たんば》です。以後、お見知りおきを。そうか、もう約束の二時だったんですね。じつは昼前からここにきておったんですよ。いやあ、見事なものですなぁ、この大聖堂は。いくら見ても見飽きません。できればこの島に暮らして毎日通いたいものです。到底叶わぬ夢でしょうけどね。はは。中でもイタリア人画家、カラヴァッジョの『洗礼者聖ヨハネの斬首』は圧巻でしたな。彼の署名が施された唯一の絵画なんですけどね。本物をこの目で見る日が訪れるとは思ってもいませんでしたよ。光と影のコントラストの見事さに呆然としたほどです。縦が四メートル近く、横が五メートル強と、カラヴァッジョの描いた作品では最大級なので、鑑賞するのに、なかなか時間がかかりました。はは」

「刑事がカラヴァッジョを好きなのはどうかと思いますよ」俺は皮肉をこめて言ってやった。「彼は殺人犯でしょう？　そのせいでパトロンから見放され、ローマを逃げ、ナポリからマルタに流れ着いた」

「そうなんですよねぇ。しかもこのマルタでも騎士団と揉めて、投獄されながらも、まんまと脱走を果《は》たしてしまう」

野良犬にしてはやけに詳しいものだ。しかも目が爛々と輝いていた。もしかしたら絵画オタク、最近の日本語でいうところのガチ勢かもしれない。

「私が追っている詐欺師達は殺人や暴力沙汰こそおこさないが、どこまでも逃げおおせるところは、カラヴァッジョと似ていなくもありません」

「その詐欺師がここマルタに入国したという情報はたしかですか」

「はい。国内外の多くの大物から、表にだせない大金を騙し取ってきた連中です。おかげで被害者達は警察に駆けこむことはできず、地団駄を踏むばかりでしてね。連中は国内にとどまらず、アジア、ヨーロッパにまで手を広げている。私は刑事生命をかけて奴らを挙げると決めたのです」

「おかげであなたは公費を使って、マルタ共和国まで出張ができて、カラヴァッジョの『洗礼者聖ヨハネの斬首』を生で見ることができた。その連中に感謝すべきではありませんか」

「こりゃ参ったな」

丹波は怒るどころか、ニヤニヤと笑う。俺は日本人特有のこの笑い方が大嫌いだ。共感を求め、許しを乞う卑屈な態度が不愉快でならない。自分が半分日本人であることが恥ずかしいくらいだ。

「それであなたが追う詐欺師はどんな連中なのか、特徴を教えていただけませんか」

「まったくお恥ずかしい話ですが、三人組としかわからんのです」

「はあ?」

「顔も名前も若者とも老人とも男とも女ともさっぱりで。偽名もさまざま名乗っており、そのうちのひとつがどうやらダー子、ボクちゃん、リチャードらしいとだけ」

「それだけの情報で、どうやってここにいるとわかったのですか」

「その三人組に過去、五十億円という金を騙し取られた日本人がいましてね。それだけではありません。三人組と何度も直接会っており、顔写真まで後生大事に持ち歩いているらしい。この情報を手に入れるだけでも、一苦労でした。歌舞伎町で袋だたきにあったり、ぐるぐる巻きにされて東京湾に沈められそうになったり、駅のホームから突き落とされて電車に轢《ひ》かれかけたりと、あらゆる危険な目にあって、大変だったんです。ともかくその人物と接触し、手を組もうとお願いしたところ、自分の問題は自分で解決する主義だとけんもほろろに断られてしまいまして。実際、警察の手を借りずとも、自分自身の権力と財力で、自分を欺いた三人組を血眼になって追っているんですな。ふだんは手下に捜させているのに、今回、マルタ共和国に乗りこみ、自ら陣頭指揮を執っているのです。これこそ三人組がこの国にいる証拠」

「何者なのですか、その人物とやらは?」

「いいお召し物ですなぁ」俺の問いには答えず、丹波は唐突にそう言った。「さすがはインターポールのスーパーエリートさんだ。着ている服も一流のスーツだ。アメリカのトム・フォードでしょう?」

「そうですが」

「やはり。近年の007がお気に入りのブランドだ。それ以前はイタリアのブリオーニだったんですよね。イギリスのスパイのくせして、他国のブランドばかりを着て、けしからんヤツですな、ジェームズ・ボンドは。はは。でもあなたは彼に負けず劣らず、よくお似合いだ。羨ましいかぎりです。私のスーツなんて量販店で二着一万八千円だったのを、二十年以上代わりばんこに着ていましてね。太って腹でもでたら、買い替えねばなりませんので、ずっと体型を維持しています。はは。それとマルタを訪れるにあたって、『マルタの鷹』のハンフリー・ボガートよろしくトレンチコートを着てきたのですが、私の場合、どちらかというとコロンボみたいになってしまって。刑事だから仕方がないかなと。おや？　スーツの下はショルダーホルスターを付けて、銃をお持ちですね。もしかしたらそれも００７愛用のワルサーＰＰＫ／Ｓで？」

「無駄口をたたいている余裕はありませんよ」俺は言った。だから日本人は嫌なんだ。回りくどくて話が長い。結論まで辿り着くのに時間がかかる。その結論もたいしたことではない。「金ですか。情報と交換に、金をくれと」

「いやいやいや」丹波は首を横に振る。「金などいりません。私はこのヤマに賭けています。上に逆らってここへきたんです。しくじれば一巻のおわり、女房にはずっと苦労をかけっぱなしで」

やれやれ、今度は浪花節《なにわぶし》か。これまた日本人がお得意のヤツだ。自分の思うようにならないと、こうして決まって義理や人情、情緒に訴えかけてくる。虫酸《むしず》が走った。

「だったらどうしろと言うんですか」

「インターポールではツチノコを追っているのでしょう？　そして私に接触してきたということは、この三人組のうち、だれかがツチノコだと睨んでいる。ちがいますか」

「だとしたら、なんだと言うんです？」

「三人のひとりがツチノコであれば、インターポールにお引き渡しして、残りふたりは私が日本へ連れ帰ります」

「我々の捜査に協力したいと？」

「どちらにとっても損ではない話だと思いますが」

「いいでしょう。ただし私の指示には従ってもらいますが、よろしいですか」

「もちろんです。パリ市警で鍛えあげ、インターポールで本領を発揮、鋭い嗅覚と一度食らいついたら離さない執拗《しつよう》さで、検挙率はナンバーワン、狼の異名を持つあなたの仰せに従えば、必ずや三人を仕留めることができるでしょう」

よくもまあ、歯が浮くような台詞をこれだけ並べられるものだ。こういうところも日本人そのものだ。それ故に本心がわからぬ不気味さを感じるところもである。

「では三人組を追う人物が何者か、教えてください」

「公益財団『あかぼし』会長、赤星栄介です」丹波は素直に教えてくれた。「表の顔は文化芸術やスポーツの振興、慈善事業にも勤しむ名士ですが、そのじつ経済ヤクザとして暗躍しており」

「日本のゴッドファーザーと呼ばれる男ですか」

「さすがインターポール」

「噂は耳にしています。裏切り者は言うまでもなく、稼ぎが目標に達しない者や自分の意見に少しでも逆らう者がいれば、会合の最中、突然みんなが見ている前で、『アンタッチャブル』のロバート・デ・ニーロさながら、バットで脳天を引っ叩く狂犬でしょう？　いや、待ってください。あなたは警察にもかかわらず、ヤクザと手を組もうとしたんですか」

「裏でなにをしていたところで、世間的に赤星栄介は名士であり、慈善家ですので、なんら問題はありません」丹波は悪怯《わるび》れることなく、しれっと言い、腕時計に視線を落とした。「マルタを訪れているのも、表向きの理由がきちんとありましてね。ちょうどいい時間だ。いまから赤星の許へいきましょう。直接会ってお話ししてください。彼は日本の警察を舐め切っていますが、インターポールが相手となれば、少しは態度を変えるかもしれません。あまりグズるようでしたら、テキトーな容疑をでっちあげて、パクっちゃってもかまいません。地元警察の留置場に軟禁して、軽くいたぶってやれば、三人の詐欺師についてゲロするかもしれませんので」

「ヤバくないですか、この男」

リカルドがフランス語で俺に言う。日本語がわからない彼でも、丹波の不気味な口ぶりに引いているのだ。

「莫迦と鋏《はさみ》は使いようという日本の古い諺《ことわざ》がある。どんなヤツでも使い道はあるという意味さ」

「なるほど」

リカルドとフランス語で会話をしてから、俺は丹波に視線をむけた。

「で？　赤星とやらはどこにいるんですか」


日本のゴッドファーザーはプールにいた。

泳いでいたのではない。ウォーター・ポロ、つまり水球を観戦していたのである。マルタ共和国では水球がもっともメジャーなスポーツだ。地区ごとにチームがあるだけでなく、テレビ中継もおこなわれており、食堂やバーのテレビで観戦することもできるのだと、ここまでの車中で、丹波が教えてくれた。とはいえ彼も知ったのは、ほんの数日前のことだという。

「赤星は日本で水球普及委員会の理事を務めていましてね。今回、マルタを訪れたのは、日本に水球のリーグをつくるための視察が名目なんです」

入口で当日券を購入し、会場へ入っていくと、試合の真っ最中で、大きな歓声があがっていた。その中に日本語が混じっていることに、俺はすぐに気づいた。

「いてまえ、こらぁ。グズグズしてたら、点取られちまうじゃねぇかよっ。しっかりせんかい、このアホんだらがっ」

品がないことこのうえない。その声の主を丹波は顎でさした。

「あれが赤星です。近くにいってみましょう」

その席まで近づくと、ブザーが鳴った。どうやらハーフタイムらしい。

「赤星さん」

丹波が声をかけるなり、本人より早く回りを囲む屈強な男共が、俺達のほうに顔をむけた。目つきの鋭さからして、ボディガードにちがいない。そしてまた堅気の人間ではないことも、俺は感じ取った。その雰囲気というか、匂いは世界共通なのだ。

「こりゃまた丹波刑事。こんなところで会うとは奇遇ですなぁ」赤星がニヤつきながら言う。「水球普及委員会理事であるこの私に、いったいどんなご用でしょうか」

「例の詐欺師の件でして。どうしてもあなたの協力が必要なんです、赤星さん」

「協力と言われても困ります。そもそもあなたはとんでもない勘違いをなさっている。私は詐欺師になんか、一度たりとも騙されたことはない」赤星は丹波から俺に視線を移す。「そちらのイケメンさんはどなたです？　丹波刑事の部下ですか。いや、そんなはずはないか。日本の警察にしちゃあ、とっぽい。地元警察の方？」

丹波が俺とリカルドを紹介したところ、赤星は「マルセル真梨邑さんの名前はどこかで」と呟くように言った。するとボディガードのひとりが、彼の耳元でなにやら囁いた。「なるほど、そうか。あなたが狼ですか。お噂はかねがね。狼にしては愛らしいお顔でいらっしゃる」

「日本のゴッドファーザーに知っていただいているとは光栄です」

「日本のゴッドファーザー？　私が？　どなたかとお間違えでしょう。日本のガンジーと呼ばれたことはありますがね」赤星は笑い飛ばす。「で、狼さんも丹波刑事とおなじように、顔も名前も若者とも老人とも男とも女ともわからない、ただ三人組というだけの詐欺師を追っていらっしゃる？　だとしたら私のところにくるなんて、とんだ見当違いだ」

ささきほど聖ヨハネ大聖堂で丹波が言っていたように、テキトーな容疑をでっちあげて、パクってしまおうかという考えが一瞬、脳裏をよぎる。赤星を囲むボディガードは、所詮チンピラだ。俺とリカルドで簡単に始末できるだろう。しかし衆人環視の中で、騒ぎを起こすのは愚かしい行為だ。ここでは赤星は水球普及委員会理事であり、日本のゴッドファーザーではない。

「私が追っているのはツチノコです」俺は言った。「と言ってもUMAのではなく、義賊として誉れ高い英雄です。二年前に三代目が亡くなり、四代目を継いだ者がいるらしく、つぎつぎと高価な美術品が奪われておりましてね。つい先日もフランスのシャンパーニュ地方のとある屋敷から、ベルナール・ベーの『我が家』が盗まれました。インターポールでは三代目ととくに親しかった三人の詐欺師がいたことまで突き止めました。そのうちのひとりが四代目ではないかとも考えています」

「私が追いつづけている三人組がそうではないかと、真梨邑さんはおっしゃるんですよ」

「ほう」赤星の表情が少し変わる。俺の話に興味を抱いたのは間違いない。「なんであれ入場料も支払ったのでしょう？　試合をご覧になったらどうですか」

ボディガードが立ち上がり、俺とリカルド、そして丹波に席を譲る。俺が赤星の右隣に座ると、ふたたびブザーが鳴り、試合がはじまった。

俺は水球のことをまるで知らない。しかしいま、プールで展開される試合が激戦であるのはわかった。敵味方のボディコンタクトが半端ではないのだ。ほとんど喧嘩である。あれを水中で泳ぎながらするのであれば、とんでもない身体能力が必要だろう。たったいま、球を手にした選手が、水面からヘソがでるほど飛びあがってシュートを放った。その球の速さと言ったら、並ではない。観客席が歓声に沸く。

「狼さんは、なにかスポーツをおやりになっていましたか」

「十代の頃はサッカーを少し」

赤星に訊かれ、俺は素直に答えた。

「水球のルールは、サッカーとほぼおなじだとお考えください。ただしサッカーよりも過激で、〈水中の格闘技〉と呼ばれているほどです。ボールを持った選手を摑もうが押さえこもうが自由です。手首や足など身体のみならず、帽子や水着、どんなところを摑んでもかまいません。そしてルール上では打撃は禁止ですが、水中は審判から死角になるので、ヒジ打ちや蹴りは当たり前、これがまあ、水中の格闘技と言われる所以です。股ぐらも狙う。いわゆる金的をがっしりと握ることさえある」

「そりゃ大変だ」

いま自分がやられたかのように、丹波が身震いする。

「勝つためには手段を選ばない。私が水球を好きな理由はまさにそこでしてね」

「法の目が届かなければ、どんなヒドい手口を使ってもいいというわけですか」

「やだな、狼さん」赤星は声をだして笑った。「そう言ったら身も蓋もありませんでしょう」

ともかく俺は迫力のある試合展開に、目が離せなくなっていた。赤星によれば、攻撃する際、とはつまりボールを手にしてから三十秒間で、シュートまで持っていかねばならないらしい。そのため攻守の切り替えが早く、一瞬のプレイ、僅かなミスで形勢が逆転してしまう。それだけサッカーやバスケなどが悠長に思えるほど、試合展開が目まぐるしいのだ。観客の一喜一憂も秒単位と言っていい。どちらを応援するでもない俺も、周囲の熱気に飲まれ、手に汗を握り、試合がおわった頃にはぐったりと疲れ果てていた。

「楽しんでいただけたようですな、狼さん」

赤星に声をかけられ、俺は我に返った。危うくここを訪れた本来の目的を忘れかけていたのだ。

「サイコーでした」と言ったのは丹波だ。「ここまでエキサイティングなスポーツとは思っていませんでした。一気にファンになっちゃいました」

「私の友人が相手チームの観客席にいるのですが、ちょうどいい。会ってやってください」

「日本人ですか」俺が訊くと、赤星は首を横に振った。

「ジェラール・ゴンザレスというスペイン人です。彼は数年前に自分の事業を畳み、ここマルタに移住してから、すっかり水球に心を奪われ、自分が住む地区のチームに多額の寄付をしているくらいです。水球が縁で知りあい、数年前には日本を訪れ、私が夜の東京を案内してさしあげた際、六本木のダンサーに熱を上げて、マルタにお持ち帰りして、いまもいっしょに暮らしているんですがね。昨日、いきなり三人の日本人が、彼の自宅を訪ねてきたとかで」

「三人の日本人？」と丹波が身を乗りだしてきた。

「ひとりは美術商、残りふたりは日本国大使館の官職を自称しているそうです。昨晩、ゴンザレスから三人の身許を調べてほしいと言われました。ただまあ、まだ結果がでていないのですが」赤星は声のボリュームを下げた。「ゴンザレスは裏ルートで手に入れた、『踊るビーナス』という古代ギリシャ彫刻を持っていましてね。私は写真だけ、拝ませてもらったことがあります。市場にでれば一千五百万ユーロ、日本円に換算すれば二十億円と言われる代物です。なぜか日本国大使館の官職ふたりが、その事実を知っていたそうで、どうにも怪しい。なんでしたらゴンザレスの家にいって、その三人に会ってみたらいかがです？」

# V　ボクちゃん（三日目）

おまえにとって英雄とはなんだ？

どこからか三代目ツチノコの声がする。気づけばボクちゃんは日本家屋の縁側に座っていた。

大勢のひとを救える人物ではないでしょうか。

はたしてそうかな。

三代目が隣に腰を下ろす。そうだった。病魔に冒され、自宅療養中の三代目を見舞いにきたのだとボクちゃんは思いだす。

だれかひとり、それも自分の大事なひとを救えれば、じゅうぶん英雄だとは思わんか。おまえさんだったら、あの駄々っ子を守ることができれば英雄になれる。

三代目が言う駄々っ子とはダー子のことだ。

やはりダー子はあなたの。

子どもだとでも？

そんな噂を耳にしたもので。

大方、リチャードにでも聞いたんだろ。答えはノーだ。私の娘だったら、もうちょっと出来がいいはずだ。

たしかに。

ふたりで声を揃えて笑う。

おまえさんは継ぎたいか、四代目ツチノコを？

ぼくには無理ですよ。

そういう柄でもないか。ああ、そうだ。おまえに渡すものがあったんだ。

なんでしょう？

これ。

三代目はどこからか、野球のボールを取りだした。十二歳のとき、某資産家からせしめた、メジャーリーグで活躍する日本人選手のサインボールだった。ボクちゃん自身が山間に投げ捨て、行方知れずになっていたはずだ。

どうして三代目がこれを？

だが答えは返ってこない。いつの間にか三代目の姿は消えてなくなっていた。


朝陽がきらめく海面に、小舟がいくつも浮かんでいる。いずれも赤青黄色とカラフルな彩りだ。よく見れば先端に垂れ目が描かれている。そのことを麗奈に訊ねたところだ。

「漁にでた際、悪天候や災害などに見舞われないための魔除けだべ」

「ボートみたいなあの船で、漁にいくのけ」

「ルッソといって、れっきとした漁船だべ。あの船で湾を一周するツアーもあるからよければ乗るけ？」

「いや、今日はいいっぺよ」

ふたりがいまいるのはマルタ島最大の漁村、マルサシュロックである。

昨日、ボクちゃんは『踊るビーナス』を手に入れるにはどうすればいいか、策を練っていた。昼日中は隣の工事現場の騒音がうるさく、部屋も微かに揺れるため、町中に出ざるを得なかった。とは言ってもカフェでじっとしているわけにもいかず、オスマン帝国を迎え撃った聖エルモ砦をはじめ、騎士団長の宮殿、マノエル劇場、国立考古学博物館、貴族の邸宅だったカーサ・ロッカ・ピッコラなど、結局は定番の観光スポットを巡った。

聖ヨハネ大聖堂では、カラヴァッジョの『洗礼者聖ヨハネの斬首』を鑑賞している際、トレンチコートを着た長身の日本人男性に「あなたもカラヴァッジョがお好きですか」と話しかけられたが、ダー子、あるいはリチャードの仔猫かもしれないと相手にしなかった。

さらにはヴァレッタからバスで、マルタ島の北端にあるポパイ村まで足を伸ばした。ポパイとはホウレン草を食べると強くなり、オリーブが彼女の、あのポパイである。

ボクちゃんが生まれる前、一九八〇年に『ポパイ』の実写版の映画があった。ポパイはこの作品がデビュー作のロビン・ウィリアムズ、オリーブはオリーブ以外のなにものでもない風貌のシェリー・デュヴァルが演じ、監督は『M☆A☆S☆H マッシュ』や『ロング・グッドバイ』、『ザ・プレイヤー』などのロバート・アルトマンと、なかなか豪華なメンバーでありながら、日本では短縮版で公開、そのバージョンでビデオが発売されて以降、DVDあるいはブルーレイにもなっていないので、知るひとはごく限られている。

ところがマルタのアンカー湾に建てられた映画のセットは四十年近く生き残り、いまもテーマパークとして運営されているのだ。

一回りするのに十五分ほどしかかからないものの、ポパイとオリーブ、さらにはブルータスその他の住民もいて、唄い踊るショーを披露していた。立ち並ぶ家の屋根は極端に反り返り、壁の色はカラフルで、湾を取り囲む断崖絶壁から村を臨むと、バエることこのうえない。底が見えるほど透き通った透明な海を眺めることができるデッキがあり、ボクちゃんはそこでマルタ名物のチスクビールを呑みながら、ぼんやりしてしまった。

結果、『踊るビーナス』を奪う策はまるで思い浮かばず、貴重な一日を無駄に過ごしたことになり、いささか焦ってホテルに戻ったところ、麗奈からスマホに電話があった。国際免許証の有無を訊かれ、あると答えると、明日、予定通りに我が家でランチをご馳走するのだが、その前にマルサシュロックへ素材を購入しにいくので、つきあってほしいとのことだった。

「ほんとはダーリンが車をだすはずだったんだけど、今日、水球の試合を見にいってね。背もたれのない椅子に長いあいだ座っていたせいで、持病の椎間板《ついかんばん》ヘルニアが悪化して、明日の朝、車の運転ができそうにないんだべさ。お願いできるけ？

マルタ共和国では水球が盛んで、テレビの実況中継までおこなっており、ゴンザレスは地区のチームに多額の寄付をしているほどの熱の入れようだという。

なんであれ、麗奈の頼みを聞き入れ、今朝は六時半にホテルをでて、七時前にはゴンザレス邸に着いた。彼の車は、なんとホンダの中古車で、六人乗りで右ハンドルだった。意外だったが、大いに助かった。マルタは日本とおなじ左側通行なのだ。そのせいかはわからないが、走行中、日本の中古車が多いのに気づいた。車庫証明や排ガス規制の星のステッカーが、貼ったままのものまである。コンテナに『○○輸送』と日本語で記されたトラックと擦れちがいもした。日本とちがうのは信号がほとんどなく、交差点がロータリーで、どの出口ででればいいのか、助手席の麗奈も迷って、その場を二、三周回ってしまうことも何度かあった。

それでも一時間近くで、どうにかマルサシュロックに辿り着いた。麗奈によれば日曜の朝市が有名で、新鮮な魚や野菜をはじめ、お菓子やマルタ名物の蜂蜜や塩、土産品などさまざまなものを扱った出店が軒を並べているらしい。ただし地元民のみならず、観光客もたくさん訪れ、混雑するので、いつもこうして平日の朝にきて、じかに漁師と交渉し、新鮮な魚を購入しているのだという。

買い物をおえ、麗奈と並んで歩いていると、ボクちゃんは穏やかな心持ちになり、本来の目的を忘れそうになってしまう。

こんなふうにダー子とふたりで、ごく当たり前の日常を楽しむなんて、ぜったい無理だよな。できっこない。

ダー子ほど平凡な幸せやありきたりな毎日が、そぐわない女はいないからだ。だとしたら彼女を引退させるなど到底、不可能ではないか。

「沼田さんは一昨日のふたり、どう思うけ？」

麗奈の問いかけに、ボクちゃんは我に返った。

「大使館のふたりのこと？」

「ネットで調べたら、防衛駐在官とか警備対策官っつうのは実際の業務は現地のスタッフに委託するらしんだべ。あんなふうにヒョコヒョコとやってくることはないって。それも女のほうはあんな制服を着てくるなんて、わざわざ身許をバラしているようなもんだろが。あれはウチのダーリンが制服マニアだって知っているにちがいね。ウチも夜、スペインの軍服を着せられることがあるけ」

軍服を着せられ、なにをするのか、ボクちゃんにも容易にわかった。

「その話はゴンザレスさんにしたのけ？」

「しだけど、おまえが心配することでねぇって言われてオシマイさ。いっつもそう。

ダーリンにとって、ウチは犬や猫と変わらんけ」

「いくらなんでもそんな」

「可愛がられているだけマシで、いつ飽きられて、捨てられるかわからん。ウチはそれでもかまわんけど、弟と妹が成人を迎えるまでは我慢しないと」

麗奈は自嘲気味に笑う。その笑顔はとても物悲しく、ボクちゃんは切なくなる。だからといって彼女を救う手立てはなにもない。

なにを甘っちょろいことを考えているんだ、ぼくは。この子の未来なんて考えている場合じゃない。

「あのふたりが言っていた『踊るビーナス』とやらは、ゴンザレス氏がほんとに持ってるのけ？」

「持ってるから、ウチは心配してるんだべ。おっと噂をすればなんとやら」麗奈のスマホが鳴ったのだ。彼女は画面をタップし、耳に当てる。「ハァイ、ダーリンッ」

相手はゴンザレスだ。歩きながら話すのを、ボクちゃんは隣で聞いていた。今日のランチにあとふたり、客が増えるとの連絡だった。

「だとしたら魚を買い足すために、ちょっと引き返さないと。ごめん、沼田さん」

「気にしねえでいいだ」

買いこんだ食材をボクちゃんが運んでいるのだ。両手の鞄と背中のリュックサックは、けっこうパンパンだった。踵《きびす》を返し、歩きだそうとしたときだ。麗奈が胸を押さえ、その場に座りこんでしまった。

「だいじか？」

ボクちゃんもしゃがんで、麗奈の顔を覗きこむ。

「薬を飲めば平気」

息も絶え絶えの麗奈は、自分のバッグを開くと、錠剤の束を取りだした。そのうちの数錠を掌にだして口に含む。ボクちゃんは水が入ったペットボトルの蓋を外して渡す。

「ナイスフォロー」と言って麗奈はゴクゴクと音を立てて水を飲んでいく。「もうだいじだべ。ごめん、驚かしちゃって。先に言っておけばよかっだね」

「どこが悪いんけ？」

「心臓。生まれつきなんだ」

麗奈はゆっくりと立ち上がる。

「ほんとにだいじけ？」

「ここ最近は調子よかっだのにな。ダンスは本番まで練習を控えたほうがいいかもしれねぇ」

「そう言えば昔、六本木でダンサーとして踊っていたことがあるって」

「生活費を稼ぐためにはじめたんだけど、すっかりはまっちゃって、こっちにきてからダンス教室に通っていてね。明後日のノッテ・ビアンカでは、教室のメンバーとダンスを披露するんだ」

　あんなエロエロなダンスを？　という胸中を察したように、麗奈はつづけてこう言った。

「六本木のクラブでは男性客をよろこばせるような踊りばっかだったけど、いまやってるのはコンテンポラリー・ダンスなんだ。沼田さん、見にきてくれる？」

「もちろん。でも心臓のほうは平気？」

「ケセラセラ」麗奈は笑う。「なるようになるしかないっぺ」


　ゴンザレス宅に戻ったのは十時過ぎだった。「食材をキッチンに運んでくれっぺ」という麗奈の言葉に従い、なおかつ「じゃがいもの皮、剝いて」と命じられ、そのまま彼女の調理を手伝う羽目となった。

　ふたたび日本食にありつけると思ったが、残念ながら今日は地中海料理だった。調理の最中、魚介のスープもいいが、ならばおなじ素材であら煮を、パエリアよりもちらし寿司を、フリッターよりも天ぷらを、ラビオリよりも餃子を、ウサギのシチューよりも豚汁をと思っていたものの口にはだきず、黙々と調理の手伝いをつづけていた。

「ご苦労様」

　背後で英語が聞こえ、振り返るとゴンザレスが立っていた。

「お、おはようございます」

ボクちゃんは慌てて挨拶をする。彼の自宅なのだ、いて当然である。しかしなんだか自分が間男のように思え、オタオタしてしまう。そんなつもりはさらさらないにせよだ。

ただしいまのゴンザレスは上半身裸に丈が膝下までのステテコっぽいパンツ、そして腰にコルセットといういでたちで、覇気も迫力もなく、元マフィアのボスにはまるで見えなかった。

「すまんな。俺のせいで、朝早くから買いだしにいってもらったうえに、メシをつくる手伝いまでさせちまって」

「とんでもない。お、お役に立てて光栄です」

「ダーリン、沼田さんからなにか一点でも、美術品を買ってあげないことには申し訳が立たないわ」

「ぼくはそんなつもりは」

「だったらどんなつもりでウチにきた？」

ゴンザレスに凄まれ、ボクちゃんは後ずさった。

「ダーリン。いまのは日本人特有の奥床しさよ。本心をはっきりと口にださないことが、日本では美徳とされているの」

「本心を口にださずに嘘ばかりついているのか。だったら詐欺師がいちばんえらくなっちまうぞ」

　ゴンザレスが皮肉混じりに言う。

「たしかに日本には、詐欺師よりもウマい嘘をつく政治家が大勢います」

　ボクちゃんが言うと、ゴンザレスが声をあげて笑った。

「面白いな、あんちゃん、気に入ったよ。でもそれは日本だけに限らない。世界中どこも似たようなもんだ。はは」

「ダーリン、もうじきお昼になるわよ。服を着ていらしたらどう？」

「そう急かすなよ。あんちゃんにひとつ、お願いがあるんだ」

「ぼくにですか」

「ああ。ノッテ・ビアンカの夜、あんちゃん、なにか用事があるかい」

「とくにはありませんが」

「サムライならば刀の扱いはお手の物だろう」

「なに言ってるの、ダーリン。いまの日本にサムライなんているはずないでしょ」

「サムライではありませんし、刀を扱うにしても、美術商として売り買いするだけです。でも剣道は習っていました。一応、三段です」

「凄いじゃないの、沼田さん」

「ケンドーってなんだ？」

「竹の刀で戦う競技で、えぇと、ジャパニーズ・フェンシングってとこかしら」

「だったらちょうどいい。俺の代わりに騎士団になってくれないか」

ゴンザレスの話はこうだった。彼は毎年、ノッテ・ビアンカで自分が出資している水球チームの選手達と共に、マルタ騎士団に扮して、ヴァレッタの町中を練り歩き、なおかつシティゲートで当時の軍事演習の再現をおこなっているのだという。

「ところがこれなもんで」ゴンザレスは腰のコルセットを軽く叩いた。「歩くのさえつらいくらいだ。あんちゃんならば日本人にしちゃあ、背はでかいし、案外ガタイもいい。水球の選手といっしょでも見劣りはしない」

聞けば軍事演習の再現がおわったあと、おなじ場所で、麗奈がダンス教室のメンバーと、コンテンポラリー・ダンスを披露するらしい。

「軍事演習の再現にレイピアによる試合があるんだが、それもぜひやってくれんか」

「やってやって」麗奈が調理の手を休め、ねだるように言った。「沼田さんだったら、ダーリンよりも騎士団の衣装が似合うと思うよ」

「悔しいがそれは認めざるを得んな」

だがゴンザレスは悔しそうなどころか、ニヤニヤ笑っていた。

「レイピアというのは?」とボクちゃん。

「西洋の剣のことだっぺ」麗奈が日本語で答えた。「試合といってもガチンコ勝負じゃなくて、殺陣《たて》が決まっている模擬試合で、それこそフェンシングみたいなヤツだべ」

フェンシングと剣道は全然ちがう。だが殺陣が決まっていて、なおかつものの二分程度だという。

「ぶっつけ本番でやれとは言わん。明日の朝、水球チームの連中が、市内のスポーツセンターで、軍事演習の再現を稽古するんだ。それに参加すればいい」

「わかりました」こうなったら引き受けるしかなさそうだ。「お役に立てるかどうかわかりませんが」

「レイピアを含む騎士団の衣装一式は、バッグに詰めておくんで、今日の帰りに持っていけばいい」

「騎士団の衣装を着た姿を写真に撮って、弟さんと妹さんに送れば、ぜったいよろこんでくれるべ」

麗奈自身、嬉々として栃木弁で言った。自分の嘘が麗奈にはバレていないのだ、詐欺師としてはよろこぶべきだろう。

なのにボクちゃんは少し胸が痛んだ。


「ゴンザレスさん、ひとつご提案があるのですが」

ダー子が改まった口調で切りだした。正午前に訪れた彼女は一昨日とおなじく海上自衛隊の制服姿だ。五十嵐は任務があって遅れてくるとのことだった。ゴンザレスが招待したふたりもまだだったが、食事をはじめていたところだ。

「なんですかな」ゴンザレスが答える。服の上からではわからないが、腰にコルセットをしているので、動きが少し鈍い。

「『踊るビーナス』を大使館に預けてもらえませんか」

あまりに唐突かつ突飛過ぎる提案に、ボクちゃんは危うく口に含んでいたワインを吹きだしかけた。ゴンザレスも目を瞬かせている。だがダー子はかまわず、言葉をつづけた。

「あなたと麗奈さんへの脅迫や殺害予告は、『踊るビーナス』が原因に他なりません。我々が責任をもって厳重に保管し、危険が去ったと判断したらお返しします」

「何度も言うが俺はそんなものは持っておらん」

ゴンザレスは憤然として言い返す。そんな彼の様子を見て、ボクちゃんはハラハラとするばかりだ。すると正面に座る麗奈が、自分を見ているのに気づいた。どうにかしてもらえねぇべか、このおなご、と目で訴えているのがわかる。

「つ、佃さん。ぼくが言うのもおこがましいかもしれませんが」

「だったら黙っていてくださらないかしら」

ダー子はボクちゃんのほうを見ようともしない。ふざけやがって。いっそ正体をバラしてしまおうかとも思うが、そんなことをしようものなら、自分だってバラされてしまう。ぐっと堪えながら、ボクちゃんは言葉をつづけた。

「いや、あの、ゴンザレスさんが『踊るビーナス』とやらを持っているかどうかよりですね、ネット上におふたりへの脅迫や殺害予告を書きこんでいる人間を割りだすほうが先決ではありませんか」

「沼田さんの言うとおりだべ」麗奈が言った。栃木弁がでたことに本人も気づいたようだ。咳払いをしてから言葉をつづける。「それくらいのこと、大使館だったらできるんじゃありません？」

「どうぞご心配なく。ぬかりはありません。富田林が遅刻しているのは、その相手の居場所を探るためです」

そんなはずがない。ネット上の脅迫や殺害予告は、ゴンザレスの許に乗りこんでくるためのきっかけとして、ダー子自身が仔猫達に書きこませているにちがいないからだ。

「『踊るビーナス』の入手ルートを問題にするつもりはありません。いまはおふたりの安全が最優先」

「で、ですが」ボクちゃんはふたたび口を挟む。「『踊るビーナス』を預けたとしても、ふたりが危険なことには変わりがないでしょう？」

「ビーナスの精巧なダミーを用意します。万が一、強盗がきてもそれで難を逃れることができます」

そして本物を自分の物にするつもりか。

「私を信じて、ジェラール。いますぐここに『踊るビーナス』を持っていらっしゃい」

ダー子がお母さんのような口調で言うと、一昨日とおなじように、ゴンザレスの顔が赤く上気していき、夢遊病者のごとく、ゆっくり腰をあげた。まずい。このままでは『踊るビーナス』がダー子の手に渡ってしまう。そうなれば負けは確実だ。食い止めねば。でもどうやって。

ボクちゃんの思いが通じたように、玄関でチャイムの音が鳴った。ゴンザレスは正気を取り戻したらしく、ふたたび椅子に座る。と同時にダー子が小さく舌打ちするのも聞こえた。

## Ⅵ　俺（三日目）

「はじめまして。私、警視庁捜査二課の丹波と言います。こちらはインターポールのマルセル真梨邑捜査官です」

　俺と丹波が通されたリビングには先客がいた。自衛隊の制服を着た三十代前半と思しき女性と眼鏡をかけた青年、いずれも日本人だった。

「海上自衛隊一等海佐、佃麻衣であります」

「美術商の沼田誠之助《せいのすけ》です」

　もうひとりいるはずだが、こちらから訊くわけにはいかない。ふたりはにこやかに微笑みかけてきている。俺が嫌いな日本人特有の能面スマイルだ。

「警視庁とインターポールにお友達がいたなんて、ゴンザレスさんは交友関係が広いんですね」

　佃一佐が英語で言うと、ゴンザレスはニヤつきながら答えた。

「『踊るビーナス』とやらを持っていなくとも、俺と麗奈が命を狙われているのは事実だからな。その話を知り合いにしたところ、マルセル真梨邑氏を紹介してくださったのだ。少年のようなあどけない顔だが、食らいついた犯人を決して逃さない敏腕捜査官でね。インターポールでは狼と呼ばれているらしい。日本の警察はオマケだ。狼と比べたら野良犬のようなもんだ」

「ゴンザレスさんはなんて言ってるんですかね？」丹波が俺の耳元で囁いた。「ジャパニーズポリスとだけ聞き取れたんですが、なにか私のことを？」

「日本の警察は優秀で心強いと」

さすがに野良犬扱いされていますよとは言いづらく、俺はテキトーな嘘をついた。

「その期待に応えるよう、頑張らんといけませんな」丹波は佃一佐にむかって、話しはじめた。「私はいま、真梨邑さんと共同捜査をしておりましてね。大使館の方がいらっしゃるのであれば、お会いして挨拶のひとつでもと思いまして。いやあ、こんなかわいらしくて、おキレイな女性だったとは予想外でした。制服もよくお似合いになっていらっしゃる」

「あっ」と声をあげたのは沼田誠之助だ。彼は鼻の下を伸ばす丹波をマジマジと見ている。「あなたは昨日」

「きみは昨日」丹波は目を瞬かせた。「聖ヨハネ大聖堂で、カラヴァッジョの『洗礼者聖ヨハネの斬首』を見ていた？」

「はい」沼田誠之助があたふたする。「そ、その節は失礼致しました」

「どんな失礼なことをしたんです？」

興味深そうに訊ねたのはゴンザレスの愛人、麗奈だった。ふたりの歳の差は親子ほどちがう。

「シカトされました」丹波が笑いながら言う。

「すみません」沼田誠之助は詫びた。

「いやいや。いきなり話しかけた私のほうがまずかった。『洗礼者聖ヨハネの斬首』を生で見た感激のあまり、その気持ちをどうしてもだれかに伝えたかったんです。おぉぉ、ここにもカラヴァッジョが」丹波は壁に掲げてある『トランプ詐欺師』を見つつ、感嘆の声をあげた。「初期作品ながら、すでに彼の特徴である徹底した写実性と劇的な光と影のコントラスト、そして描かれている人物の声ばかりか心の呟きさえ聞こえてくる、巧みな感情表現がすべて揃っている。まったく見事なものだ。四百数十年前に生きていた人間の息吹が伝わってきます」

「ずいぶんお詳しいんですね」

佃一佐が言う。呆れながらも感心しているようだ。たしかに一介の刑事とは思えぬ感想だ。

「詳しいだなんてとんでもない。かれこれ三十年近く、妻の美術館巡りにつきあってきたものですからね。ふつうのひとより、美術についてちょっと詳しい程度に過ぎません。はは」

「さぁさ、どうぞ、こちらへおかけになってくださいな」麗奈が立ち上がり、俺達をエスコートする。「いまスープを持ってきますわね。お酒は？」

「勤務中なのでけっこう」丹波が答えた。「焼き飯だけいただきます」

「パエリアですよ、丹波刑事」

俺はやんわり訂正をする。

「マルセルさんは、ご両親のどちらかが日本人なんですか？」

佃一佐の質問に、丹波が答えた。

「真梨邑捜査官の部下の方から聞いた話ですがね」リカルドのことだ。「お母様が京都出身で、ファッションモデルだったんですよ。パリコレ出演の際、警備にあたったパリ市警の腕利きと恋に落ち、結婚されたそうで」

「まあ、素敵。ケビン・コスナーとホイットニー・ヒューストンの映画みたい」

「捜査官ご自身も、パリ市警で数々の難事件を解決し、インターポールに引き抜かれたんですよね？」

「私の話はどうでもいいんですよ」俺は丹波を制してから、「佃一佐」と呼びかけた。

「その歳で大佐とはずいぶんお若い」

「キャリア組の中でもいちばん若いです。あなたとおなじく優秀なので」

「マルタの大使館にはいつから？」

「お問い合わせになった？」

「でもはっきりとした答えは得られませんでした」

「申し訳ありません。大使館は武官の情報管理に厳しくて。お答えする前にひとつ訂正を。マルタには日本の大使館はありません。在イタリア日本国大使館が兼ねています」

「そうでした」

「赴任は半年前です」

「駒村《こまむら》大使はお元気ですか。当然ご存じでしょう。あの髭の立派な」

「駒村大使はずいぶん前に退任されました。いまは石塚武夫《いしづかたけお》大使が。そして髭が立派なのは平井《ひらい》前大使です」

「そうでした。無礼な質問、お許しを」

「いいえ、当然のことです。疑うのがお仕事でしょうから」

俺の矢継ぎ早の質問に、佃一佐は顔色ひとつ変えずに答える。見事なものだ。しかし少しも迷うことなく、完璧すぎるのも却って怪しい。

「沼田さんは美術商と伺いましたが」

俺は沼田誠之助に矛先を変える。

「まだまだ駆けだしです」

「どこか会社に所属していらっしゃる？」

「いえ、個人で細々とやっています」

「どうしてまたマルタ共和国に？」

「同業者の先輩に勧められたんですよ。経済成長率がEUトップクラス、近年では第二のモナコと称され、富裕層の移住先としては超人気、なので上客が多く見つかるだろうと」

「成果はありましたか」

「まだ三日しか経っていませんので」

「主にどんな美術品を扱っているのでしょう？」

古書画などの掛軸《かけじく》が主ですが、もともと美大で江戸時代の南画の研究をしていたもので、その手の作品を多く取り扱っています」

「南画とはお若いのに、渋い趣味ですな」いきなり丹波が話に割りこんできた。「すると与謝蕪村《よさぶそん》や池大雅《いけのたいが》、谷文晁《たにぶんちょう》あたりを？」

「なくはないですが、それより実力があっても、あまり名が知られていない地方画家の作品を多く取り揃えております。どれもこの先、評価があがることは間違いなく、いまのうちに購入しておけば、十年二十年先には値段が二倍から三倍、ものによっては十倍になるであろう、資産価値の高いものばかりです」

「私みたいな、しがないデカでも買えるもんですかな。資産価値云々はどうでもいい。南画の一枚でも家に飾っておけば、気持ちが穏やかになるかもしれないので」

「ご予算とお好みをおっしゃってくだされば、それに見合った作品を紹介させていただきます」

丹波と話す沼田誠之助は、能面スマイルのままだった。これもまた怪しい。

「警視庁捜査二課とインターポールが共同捜査となると、よほどの大捕物なのでしょうね」

「ツチノコです」

佃一佐の問いに、俺は短く答える。すると麗奈がケラケラと笑いだした。

「やだ、真梨邑さん、冗談キツイですよ。いまどきツチノコだなんて、誰も信じちゃいませんって。いたとしても日本だけでしょう？　マルタにツチノコなんて」

「あなたが言うツチノコはいわゆるＵＭＡ、未確認動物ですよね」

「ちがうんですか」

「ええ。百年以上前の日本で、富裕層から金品を奪い、生活に苦しむ人々に分け与えたことから、英雄視された義賊です」

「犯罪者が英雄だなんて莫迦げてませんか？」麗奈は納得がいかないという顔つきで言う。

「まったくそのとおりです」俺は大仰に頷いてみせた。「だがその後、ツチノコの名は当代随一の腕を持つ者に受け継がれ、二年前に三代目が亡くなり、何者かが四代目を継ぎ、ここ最近、世界各地で高価な美術品を数多く奪っていましてね」

俺が話すあいだ、沼田誠之助が佃一佐を横目で見た。その瞳には、かすかな不安の色があったことを、俺は見逃さなかった。

「私は私で、ダー子、ボクちゃん、リチャードという三人組の詐欺師を日本から追ってきました」俺の話を引き継ぐように丹波が言った。「どうやらこの三人が三代目ツチノコと親しかったようで、そのうちのだれかが四代目を継いだのではないかと」

「たとえばこんなふうに考えることもできます」俺は挑発気味に言ってみる。「四代目ツチノコが、ネット上にゴンザレス氏への脅迫や殺害予告を書きこみ、それを口実に接触してきたと」

「だとしたら私が四代目ツチノコだと？」

佃一佐が言った。ただし焦ったり怒ったり、機嫌を損ねたりはしていない。それどころか面白がっているように見えるのは、さすがに錯覚か。

「こんな可愛いお嬢さんが犯罪者のはずないでしょう、真梨邑さん」丹波がフォローするように言う。「失礼にもほどがありますよ」

「でも丹波刑事、あなたはおっしゃっていたじゃありませんか。ダー子、ボクちゃん、リチャードの三人はなんにでもなりすまし、どこにでも潜りこむ。すでに我々と接触してきていても不思議ではないと」

「私がダー子です」

佃一佐の発言にみんなの動きがピタリと止まる。

「彼がボクちゃんで」佃一佐に指差され、沼田誠之助は息を吞む。「あなたがリチャード」つぎに佃一佐が指差したのは俺だった。「そういう可能性だってあるわけです。油断せずすべてを疑ってかかるべきです」

「あなたのおっしゃるとおりだ」俺は不敵な笑みを浮かべ、同意する。「みなさんのことも徹底的に調べます」

「い、いやだな。脅かさないでください」

沼田誠之助がおどけて言う。そのわざとらしさは、なにかを隠しているようにしか思えなかった。

「あら、でも美術商なんて、そもそも詐欺師のようなものじゃありませんこと？紙切れ、石、茶碗、そんなガラクタに法外な値段をつけて売りつけているんですからね」

「沼田さんはそんなひとではないっぺ」佃一佐に反論したのは麗奈だった。「栃木の人間はみんなイイひとだ。嘘ついて、ひとを騙すような真似なんかするはずねえべ」

「まあまあ」と丹波がなだめる。「可能性の問題です。ぜったいそうだとは言っていません。私も栃木は大好きだ。仕事で宇都宮《うつのみや》にいった際、偶々《たまたま》入った居酒屋のメニューが絶品でね。モツ煮込みとハムカツをいただいたのですが、柚子味噌というのもおいしかった」

「あんた達、日本語ばかりで話さないでもらえんか」ゴンザレスが英語で言った。「自分の悪口を言われているんじゃないかと、気が気でなくなる」

「あなたの話ではありません」と言ってから俺はツチノコについて手短かに話した。

「この四代目というのが、それまでのツチノコとちがい、狙った美術品を、だいぶ手荒な手段で奪い取っていくのです」

「というと？」ゴンザレスが興味を示す。

「持ち主の大切な家族や恋人、友人などを人質にとって、美術品との交換を迫るんです」

そこで俺はつい先だって、フランスのシャンパーニュ地方で起きたベルナール・ベーの『我が家』の盗難事件について話した。

「なんて卑劣な」佃一佐は眉間に皺を寄せる。「義賊にはあるまじき行為」

「まったくそのとおりです。しかも盗んだ美術品は裏社会の市場にさえ、でまわっていない。つまりはすべてを独り占めにしているんですな。金に換えて貧しいひと達に分配しようなんて気はさらさらないらしい」

「なんでそんな人物に三代目は跡を継がせたのでしょう？」これは沼田誠之助だ。

「四代目を継いだ途端に、本性を露にしたのかもしれません。なので改めて確認させてください」俺はゴンザレスに顔をむけた。「あなたが『踊るビーナス』をお持ちだという噂は事実ですか」

ゴンザレスは口を一文字に閉じたままだ。あと一押し、と俺が思ったときだ。

「た、助けてくれぇ」

表から日本語で助けを求める声がした。

「あれはプロだ。俺の柔道空手合気道太極拳テコンドースポーツチャンバラぜんぶあわせて十二段の腕を以てしてもまるで歯が立たなかった。面目ない」

玄関先に倒れていた日本人を、俺と沼田誠之助でリビングまで担ぎこみ、ソファに寝かし、なにが起きたかを訊ねたところだ。彼こそが日本国大使館の警備対策官、富田林だった。

なんでもゴンザレス宅の前に、挙動不審な二人組がいたので、声をかけてみると、いきなり顔に二、三発パンチを食らったのだという。大きく腫れあがった頬を麗奈が治療しようとすると、「私がします」と佃一佐が救急箱を奪うように取った。

「こんなものが落ちていました」みんなよりもだいぶ遅れて、丹波が玄関口から戻ってきた。その手にあったのは小型の監視カメラだった。「こいつを取り付けようとしていたところを、大使館の方に声をかけられ、逃げだしたんでしょう。昼日中だというのに大胆というか図々しいやつらだ」

するとなにを思ってか、沼田誠之助が手を伸ばし、富田林のスーツの胸ポケットから、カードらしきものを引っ張りだした。

「それってツチノコだべっ」

麗奈が悲鳴に近い声をあげた。カードに描かれた絵が視界に入ったらしい。俺は沼田誠之助からカードを奪うように取り、ゴンザレスの鼻先に突きつけた。

「四代目ツチノコがいつも犯行現場に残していくカードです。今回は犯行予告に使ったのかもしれません」

「ケセラセラとは言っていられなくなったわけだ」

ゴンザレスは大きく溜息をつき、観念した表情になると、コルセットを付けた腰を押さえつつ、壁際に移動していく。そしてカラヴァッジョの『トランプ詐欺師』を外し、床に置いた。

「こりゃまたずいぶん立派な金庫だ」

丹波の言うとおりだ。絵の裏側に金庫が埋めこまれていたのである。

「イタリアにある金庫メーカーの三代目社長、ロレンティという男と古くからの知りあいでね。彼の会社につくってもらったんだ」

金庫の扉にはダイヤルやボタンはなく、液晶ディスプレイが付いた装置があるだけだ。ゴンザレスはそれに顔を、というよりも右目を寄せていく。

「瞳孔《どうこう》の外側にあるドーナッツ状の部分を虹彩《こうさい》と言って、その模様はひとによって全く異なるそうだ。顔や指紋、静脈《じょうみゃく》の認証よりも精度が高い。それを認証し、解錠する仕組みになっている。この金庫は俺と麗奈の虹彩で開く」

ピッと音が鳴ると、ゴンザレスは扉を開き、中から『踊るビーナス』を取りだした。

「ダミーとやらはいつ用意できる？」ゴンザレスは英語で佃一佐に訊ねた。

「急がせておりますので明日には」

「なんのことです?」と俺。それに佃一佐が日本語で応じる。

「『踊るビーナス』をダミーと交換して、大使館に預けてほしいと、ゴンザレス氏に提案していたのです」

「そんな浅知恵でツチノコを騙せるはずないでしょう」俺は呆れ顔で言ってやった。「どんなに精巧なダミーをつくったところで、ツチノコにバレたらオシマイだ。それに本物を運んでいる最中に狙われるかもしれないし、大使館だってぜったい安全とは言い難い。盗まれでもしたらハラキリものですよ」

「でしたらいっそ『踊るビーナス』を手放されては?」今度は沼田誠之助だ。「ぼくは専門外ですが、知りあいの美術商に頼んでみます」

「この期に及んで商売の話を持ちだすなんて、いくらなんでも卑しくありませんか」

俺が皮肉たっぷりに言うと、沼田誠之助は不服そうな表情になりながらも、おとなしく引き下がる。

「ならばきみにはなにか考えがあるのかね?　狼のあんちゃん」

ゴンザレスが訊ねてきた。それまでの日本語のやりとりを麗奈が逐一、英語に訳して伝えていたのだ。俺はまだ持っていたカードをかざし、英語で言った。

「ツチノコを誘いだし、ひっ捕えます」

「どうやって誘いだす?」ゴンザレスが険しい顔になる。

「さきほども申しあげたとおり、四代目ツチノコは持ち主の大切なひとを人質にして、美術品との交換を迫ります」

「まさか麗奈を囮《おとり》に使おうというのか」

「私だったら平気よ」憤るゴンザレスの隣で、麗奈は意外にも乗り気だった。「卑劣な犯罪者を捕える協力ができるなんて、光栄なくらいだわ」

「これは心強い」

俺は微笑んだ。甘いマスクがさらに甘みを増しているはずなのだが、麗奈の反応はイマイチだった。

「明後日、ノッテ・ビアンカでしょう？　私、シティゲートでコンテンポラリー・ダンスを披露するの。ツチノコとやらにしたら、絶好のチャンスじゃない？」

「ば、莫迦を言うんじゃない、麗奈」ゴンザレスは慌てだした。「おまえ、自分の身体が」

「だいじょうぶだって」麗奈は日本語に切り替え、俺にむかって言った。「ねぇ、狼さん。ツチノコとやらをさそいだすだけよね。私、誘拐されはしないでしょ」

「どうぞご安心ください。我らがインターポールだけでなく、地元警察にも協力を要請し、あなたのボディガードに当たります」

「わ、わたくし丹波も警視庁の名に賭けて、あなたをお守りしましょう」

「よろしくお願いします」

# Ⅶ　ボクちゃん（四日目）

「ボクちゃん？　私」

　スマホからの声は、間違いなくダー子だった。ボクちゃんは聖マリア像の下で立ち止まった。ヴァレッタには道脇や建物の角にキリスト教にまつわる聖人の像が立っており、そのうちのひとつである。

「いまどこ？」

「リパブリック通りを歩いてたところだけど」

　ヴァレッタ旧市街のメインストリートで、宿泊先のホテルへ戻る途中だった。

「私、イムディーナにいるんだけど、こられないかな？」

　イムディーナはマルタ島の真ん中あたりで、オールド・シティと呼ばれ、ヴァレッタよりも先に首都だった町だ。敵からの侵入を防ぐため、ぐるりと城壁で囲み、その回りには堀まである城塞都市である。

「どうして？」

「会って話したいことがあるんだ。ヴァレッタだと人目につくからさ」

　なにかの罠かと思わないでもない。だがボクちゃんはこう答えた。

「ぼくもきみと話がしたいと思っていたんだ」

「あら、気があうわね、私達」電話のむこうでダー子はおかしそうに笑った。「どれくらいでこられそう?」

「二時までにはいけると思う」

「それじゃあさ、城壁に出入り口が三つあって、そのうちのメイン・ゲートで待ってる。よろしくね」

ボクちゃんはリパブリック通りをまっすぐいき、シティゲートをでた。なにより も先に視界に入るのは、屈強な男が三人、巨大な皿を下から支えている銅像だ。男達をよく見れば下半身は魚だった。海の神トリトンで、これ自体が噴水なのである。

そのむこうにあるバスターミナルへいき、イムディーナへいくことができるバスをたしかめた。マルタ島を走るほとんどのバスがここを拠点に発着しているので、けっこう広い。どのバスも白と黄緑のツートンだ。観光バスはべつとして、マルタ共和国には公共バスの会社が一社だけらしい。〈BUS ROUTE INFORMATION〉とある掲示板で確認したバス停へむかうと、幸いにしてさほど待たずして乗りこむことができた。日本のバスと同じように、前に番号と行き先が書いてあり、料金は一回一・五ユーロ、そのチケットは二時間以内であれば自由に何回でも乗り降りができる。

空席はあったものの、ボクちゃんは眠ってしまいそうなので座らずにいた。だいぶクタクタで、身体の節々も痛かった。というのも今日は朝からヴァレッタ市内にあるスポーツセンターにでかけ、水球チームのメンバーとともに、軍事演習の再現を練習してきたのである。

ラッパと太鼓にあわせ行進し、いくつかのグループに分かれて列をつくってから、火縄式の鉄砲を空にむかって一斉に撃ったり、号令にあわせて槍を突く動作をしたり、いかにも軍事演習っぽいことがつづくのだが、牧歌的というか、至ってのんびりしたものだった。

ボクちゃんはラッパも吹かず太鼓も叩かず、鉄砲や槍を持たされることもなく、しばらくは歩くか、ぼんやり突っ立っているだけだったが、やがてレイピアによる模擬試合の練習をおこなうことになった。

相手は水球チームのキャプテンだった。日本人にしちゃあ、背はでかいし、案外ガタイもいい。水球の選手といっしょでも見劣りはしないとゴンザレスに言われたが、そんなことはなかった。彼らはみんな、ボクちゃんの一回りは大きく、キャプテンともなると尚更だった。ちょっと強面で、最初のうちこそビビったものの、剣の持ち方からはじまって、剣をどう扱い、身体をどう動かせばいいのか、懇切丁寧に事細かく教えてくれた。出資者であるゴンザレスの知人を、無下にはできないというのもあったのかもしれない。

鉄砲や槍に比べるとずっとハードで、覚えておかねばならないことも多く、なかなか大変だったが、その分やりがいはあった。一時間もしないうちに、どうにか一通りできるようになり、キャプテンにはさすがサムライの国からきただけあって、筋がイイと褒めてもらった。どこまで本気かわからないものの、ボクちゃんは悪い気はしなかった。

練習をおえたあとは、水球チームのメンバーに、スポーツセンターから徒歩で五分とかからないレストランへ連れていかれ、食事を共にした。石造りの雰囲気のいい店内はいかにも高級そうで、実際、メニューを見ると、ランチでもまずまずな値段だった。だがメンバーは気にすることなく食事のみならず、ワインまでオーダーしていた。

金のことなら心配するな。ボクちゃんにむかって、キャプテンがにやつきながら言った。ここはゴンザレスが経営する店だ。メシはぜんぶボスの奢りさ。

そして彼が勧めるマルタの郷土料理、ブラジオリを注文した。平たく言うと、ハンバーグを牛の薄切り肉で巻いたものなのだが、なんのことはない、前日に麗奈がつくったランチのうちの一品だった。調理を手伝った際、焼かずに赤ワインベースのトマスソースで蒸し煮にすることで、中の挽肉《ひきにく》がふっくらフワフワになるんだべ、と麗奈に教わったくらいである。当然ながら店で食べたブラジオリこそが本物なのだろう。ただし香草とニンニクが利き過ぎて味も濃いめで、食べ切るのがしんどいほどだった。正直なところ、麗奈の手作りのほうが口にあった。たぶん日本人にあうよう、味付けしていたからだろう。

ダー子からスマホに電話があったのは、店をでて水球チームのメンバーと別れ、宿泊先のホテルへ帰る途中だったのだ。

それにしてもダー子がぼくに、話したいことってなんだろ。

ボクちゃんはいまだ『踊るビーナス』を手に入れる算段が固まっていなかった。自分からダー子との一騎打ちを望み、少なからず後悔していたのに、インターポールに警視庁捜査二課を名乗る妙なふたりが絡んできたのが、予想の斜め上をいき過ぎて、どうしたらいいかわからないというのが実情である。マルタ共和国を訪れて今日で四日目、残りは三日間、いまからオサカナを変えるのは不可能だ。

ぼくはやはり詐欺師にむいていないのだろうか。

はじめて自分ひとりで、オサカナを騙したときのことをボクちゃんは思いだした。某実業家の自宅にアポなしででむき、夏休みの宿題だと偽り、メジャーリーガーのサインボールの写真を撮りたいとお願いした。あっさりオッケーをもらい、家にあがりこむと、某実業家はサインボールをリビングに運んできた。某実業家はその場に立ち会っていたものの、彼がよそ見をしたほんの一瞬を突き、自分でつくった偽物とすり替え、まんまと本物を手に入れた。

腕比べでビリだったとはいえ、自分にとっては最高の出来だった。これまでの人生で数多くの詐欺を重ね、何百億円も騙し取ってきたものの、あのときを超える高揚感は味わったことはない。そしてまた、これから先もあるようには思えなかった。

「あなた、騎士団なの？」

前に座る高齢の女性が訊ねてきた。好奇に満ちた目でボクちゃんを見上げている。彼女だけではない。他の乗客の視線も、自分に集まっているのに気づいた。

「え、ええ、まあ」

ボクちゃんはそう答えざるを得なかった。というのも右手に提げたボストンバッグの端からレイピアの持ち手がでていた。ゴンザレスから借りて、今朝の練習でも着ていたマルタ騎士団の衣装が一式入っているのだ。ホテルに立ち寄って、置いてくればよかったと、少なからず後悔する。

「明日のノッテ・ビアンカで扮することになりまして」

「東洋人のようだけど、お国はどちら？」

「日本です」

「日本からそのためにわざわざ？」

「武者修行の一環です」

ボクちゃんはなかばやけっぱちでそう答えた。

「ムシャシュギョー？」

「サムライになるためのトレーニングです」

「まあ、凄い」高齢の女性は目をまん丸に見開いていた。「本物のサムライに会えるときがくるなんて、長生きはするものね。ぜひがんばってね」

汽車が走っている。

いや、ちがう。マルタ共和国には鉄道はない。いまボクちゃんにむかって走ってきたのは、汽車を模した観光用のバスなのだ。市街を周遊し、見どころをオーディオガイドで説明してくれるらしい。乗客の子どもが手を振ってきたので、ボクちゃんはすぐさま振り返す。それだけでほんの少し、幸せな気分になれた。

ここはイムディーナだ。バスを降りてから、ダー子がいるはずのメイン・ゲートまで、少し歩かねばならなかった。左手には堅固な城壁が延々とつづいている。

汽車のカタチを模したバスのつぎは、馬車が見えてきた。これもまた観光用だ。何台か〈空車〉が並び、御者も馬も退屈そうにしている。その脇を過ぎていくと、メイン・ゲートが見えてきた。バロック様式の立派な建築物で、両脇には狛犬よろしくライオンの像があり、その左側にダー子がいた。しゃがんでなにをしているのかと思ったら、猫を撫でていた。

三メートルほどまで近づいたところで、ボクちゃんに気づき、「じゃあね」と猫に別れを告げ、ダー子はすっくと立ちあがった。今日は自衛隊の制服ではない。グレーのTシャツに、白シャツワンピースを重ね、ハイウエストでライトブルーのサテンパンツ、肩にはパイソン柄のバッグを提げていた。サングラスをかけ、耳には大ぶりなピアスを付けている。独身キャリアガールの気ままな一人旅といったいでたちだ。

「なぁに、その荷物?」

挨拶もそこそこにダー子が言った。もちろんマルタ騎士団の衣装のことである。

ボクちゃんは事情を簡単に説明した。

「それってもしかして、『踊るビーナス』を奪い取る作戦のひとつなわけ?」

「それは言えない。秘密だ」

頼まれたからやるだけだとは言えない。

「まあ、いいわ。なにはともあれ、折角だから城塞都市を見てまわりましょ」


城壁の町はしんと静まり返っていた。

はじめのうちこそ観光客がいたものの、狭い路地を進んでいくうちに、気づけばダー子とふたりきりになっていた。ガイドブックに静寂の町と紹介されているが、それは誇張ではなかった。自分達の足音しか聞こえず、中世から残る石造りの建物に囲まれていると、タイムスリップしたかのような錯覚に襲われた。街角から綺麗に着飾った貴族や、馬に跨がる甲冑姿の騎士があらわれても、すんなり受け入れてしまうだろう。

「私とどんな話がしたいと思ってたわけ?」

「呼びだしたきみのほうから言うべきだろ」

「まあまあ、いいじゃないの。話してよ」

「昨日、ゴンザレス宅を訪れたインターポールと警視庁捜査二課。あれはきみの仔猫かい？」

「って訊いているんだから、ボクちゃんの仔猫でもないわけだ」

「だとしたら本物？」

「どうかな」

「なにを根拠にそう思う？」

「あんなに若くてイケメンなインターポールはいないし、やたら絵画に詳しい警視庁捜査二課もいるはずがない」

「それはただの偏見だろ」

「そっか。こんなにかわいい詐欺師がいるんだもんね」

「自分で言うな」

「ひとに騙されやすい詐欺師もいるし」

「余計なお世話だ」

「仔猫でないとしたらあのふたりは本物だったってこと？」

「以前、リチャードに言われたんだ。狼と呼ばれる捜査官が、我々を追っているって。遂にぼく達のところまで辿り着いたんじゃないのかな」

自分を凝視していたマルセル真梨邑の鋭い視線を思いだし、ボクちゃんは背筋がぞわぞわとしてきた。

「他に話したいことは？」

「五十嵐は暴漢などに襲われていないよな。麗奈さんが手当てをしようとしたら、きみが救急箱を奪い取ったのは、痣がメイクだったからだ。ちょび髭にでもやらせたんだろうけど、もっと自然な感じにしないと、バレバレだったぜ」

「半分正解で半分ハズレ」

「どこがハズレだ？」

「暴漢には襲われていないけど、痣は本物。メイクがうまくいかなくて、モナコがストレートパンチを食らわしたんだ。あの子にあんなにパワーがあるとは思ってもみなかった」

「な、なんにせよだ。『踊るビーナス』が四代目ツチノコに狙われているんだぞと、ゴンザレスに脅しをかけるための、芝居だったのは間違っていないだろ」

「それも半分正解で半分ハズレ」

「へ？」

「ゴンザレスを脅すために打った芝居なのはたしか。でもツチノコのカードなんて仕込んでなかったわ」

「それじゃあ五十嵐の胸ポケットに、だれがあのカードを入れたんだ？」

「やだな、トボケないでよ。五十嵐の胸ポケットからだすと見せかけて、あらかじめ隠し持っていたカードをボクちゃんがだしたんじゃないの？」

「四代目ツチノコの話は、昨日はじめて聞いたばかりだ」

「私もよ」

「三代目はだれにも譲らなかったはずじゃないのか」

「だよねぇ。二年前、最後に会ったときにさ、当代随一の腕を持つ者が受け継ぐんなら、どうしたって私じゃん？　って三代目に言ったんだ」

「よくもまあ、自分で言えたもんだな」

「だれも言ってくんないから、自分で言うしかないじゃん。そしたらさ、三代目が唐突に、おまえにとって英雄とはなんだ？　って訊いてきたわけ」

　ボクちゃんは昨日見た夢を思いだす。

「で？　ダー子はなんて答えた？」

「新小岩《しんこいわ》にあったパチンコ屋」

「なんだよ、それ。いや、あったかもしれないけど、三代目が求めてた答えはそうじゃなかったろ」

「だったみたい。結局、三代目には、おまえだけには継がせないって言われちゃった。でもそんとき私は、ホッとしたんだよね。ツチノコなんてダサい名前、継ぎたくないもん。三代目にそう言ったら、大受けだったよ。俺もツチノコはないだろうと、ずっと思っていたって。でね。三代目が言うには、百年前の初代ツチノコは大勢のひとを、救ったかもしれない、でもあれはあの時代がつくったものだ、俺なんてだれひとり救っちゃいない。現代ではだれも英雄になどなれないんだって。所詮、俺はただの詐欺師だ。それがわからず、数え切れない若者が英雄なるものに憧れてここを訪ねてきた。すべて追い払ったが、中には才能がありながら非道な犯罪者となった者もいた。英雄が魔物を生んでしまった。英雄なんていないほうがいい。だからツチノコは俺の代でオシマイにすると」

「三代目は死をもって英雄を葬ったわけか」

「生まれ変わっても英雄なんてならず、チンケでこすいペテン師として生きたいとも言ってたよ」

三代目らしいと言えばたしかにそうだ。しかしボクちゃんはいまも、真っ赤なランボルギーニで颯爽とあらわれた三代目の姿が瞼の裏に焼き付いている。あれぞまさしく英雄だといまでも思う。

「ボクちゃんも三代目が亡くなる前、見舞いにいったんでしょ。そんときはどんな話をしたの?」

「近況を報告しただけさ」おまえさんだったら、あの駄々っ子を守ることができれば英雄になれると言われたなんて、口が裂けても言えない。「ぼくに話ってそのことか」

「そうだけど、まだつづきがあるんだ。三代目はね、気がかりなのは俺がいなくなったら、勝手にツチノコを名乗るヤツがでてくるかもしれないって心配してた」

「その心配が的中していたわけだ。この二年間、四代目ツチノコを名乗って、誘拐もいとわない卑劣な美術品荒らしをする不逞《ふてい》の輩がいた」

「ボクちゃんはだれだと思う？」

ダー子が話したかった本題はこれにちがいない。

「知らないよ」

「そんなはずないわ。薄々気づいているんじゃない？」

「ずるいぞ、ダー子。きみだっておなじだろ。どうしてぼくに言わせようとする？」

ダー子は足を止めた。ボクちゃんもだ。そしてどちらからともなく向きあう。ダー子は恨めしそうな目つきで、ボクちゃんを見上げた。

「三代目はリチャードにも、英雄とはなんだと質問したんだって。そしたら、自分がぜったいなり得ないものですと答えて、こうも言ったそうよ。ただし詐欺師たるもの、英雄にバケることくらいはたやすいものですって」

「それってつまり、リチャードが四代目ツチノコにバケてるってことだろ。情熱を失ったなんて口先だけだったんだ。ぼくたちに勝ち、自分がツチノコにふさわしいと証明しようとしているのかもしれない」

「でもさ、リチャードが誘拐までして、美術品を奪い取るなんて信じられないよ。全然、英雄じゃないじゃん。やり方が汚すぎる」

「それがリチャードの本性だとしたら？　いっしょに仕事をしていないときの彼の顔を、ぼくらはなにひとつ知らないじゃないか」

「あっ」

「なんだ？　どうした？」

「ボクちゃん、波子さんに会った？」

「会ったっていうか見かけたよ。ヴァレッタの道端で、移動販売車を使って、ラーメン屋をやってた。とは言ってもなにかしらリチャードの手伝いをしているんだと思うけど」

「五十嵐がゴンザレスん家へむかう前に、その店に寄っているんだ。あまりのマズさに脂汗を流すほどだったらしいのよ。そしたら波子さんに、お暑いようでしたら、上着をお脱ぎになってはいかが？　預かっておきますよって言われて」

「どこからかリチャードがそれを見ていて、波子さんに指示をだし、預かった上着の胸ポケットにツチノコのカードを入れさせたんだ、ぜったい。リチャードが四代目ツチノコなんだ」

「ツチノコ云々よりも、リチャードが卑劣な手口で美術品を盗んでいたことのほうがショックだな、私は。なんか裏切られた感じ」

ダー子は肩を落とし、トボトボと歩きだす。ほんとにショックを受けているようで、その姿は雨に濡れた捨て犬のようだった。ボクちゃんはそのあとを追いかけ、隣を歩く。

「これ見て」

バッグからスマホをだすと、ダー子はその画面を幾度かタップし、ボクちゃんにむけた。テーブルを挟んで、リチャードが若い男とむきあい、アイスらしきものを食べていた。

「波子さんの店にちょび髭とモナコが交替で張っていてさ、何度かリチャードを見かけていてね。こうして若い男性に声をかけては、アイスを奢っているんだ」

「なんのために？」

「仔猫を現地調達しているんだよ。誘拐をするとなれば土地勘がある地元民を雇ったほうが俄然《がぜん》、有利だからね。昨日までに四人揃えている。リチャードを含めて五人、女の子ひとりをさらうには、ぴったりな人数だと思わない？」

「麗奈さんは心臓が弱いんだ」ボクちゃんはためらいつつも言った。「もしも誘拐されでもしたら、身体が保つかどうかわからない」

「だからなに？」

「ちょび髭とモナコには、リチャードの居場所を探らせているんだろ。どこにいるか教えてくれ。そしたらぼくが、麗奈さんをさらわないでくれとお願いをする」

「ボクちゃん、正気？」

「正気に決まっているだろ。ひとの命にかかわることなんだぞ」

「残念ながらリチャードがどこを根城にしているかは、わかっていないんだ。ちょび髭やモナコが尾行したところで、リチャードがちょっと本気をだせば十秒もしないうちに巻かれちゃうからね。この写真にしたって、リチャードにすれば、わざと撮らせているはずだよ」

「波子さんの店にいって、彼女から聞きだすことはできるだろ」

「今朝から探しているけど、波子さんの移動販売車は町のどこにも見当たらないって、さっきモナコから連絡があった」

　なんてこった。

「それにさ、ボクちゃん。たとえきみがお願いしにいっても、はい、わかりました、ではこの計画はやめますって、言うことを聞くはずないじゃん。そもそも今回の腕比べはルール無用って決めたでしょ？　いくらなんでもボクちゃん、考えが甘過ぎだよ」

　ボクちゃんは言い返せなかった。ダー子の言い分がもっともだからだ。そもそも今回の件ではリチャードに協力を求め、断られているのだ。

「麗奈さんが心配なのはわかる。でもさ、インターポールの狼と警視庁の野良犬が彼女を守るって、はりきっていたでしょ。ボクちゃんは自分の心配をすべきだよ。今日を含めてあと四日だよ。私やリチャードを相手に『踊るビーナス』を手に入れることはできるの？　人生を賭けた真剣勝負なんだからね。大リーガーのサインボールを、偽物とこっそり入れ替えるなんて程度じゃ無理だよ。わかってる？」

「ば、莫迦にするな」

ボクちゃんは腹が立って仕方がなかった。だがだれに対してなのかが、よくわからない。ダー子？　リチャード？　自分自身？

「麗奈さんを助けて、『踊るビーナス』だって手に入れてみせるさ。あとで吠え面かくなよっ」

昭和のチンピラみたいな台詞を吐いて、ボクちゃんは駆けだした。なんにせよこれ以上、ダー子とふたりきりでいるのが耐えられなかったのだ。

「沼田さんっ」

麗奈が声をかけてきた。よっしゃと胸の内で思いながら、「あ、これはどうも」とボクちゃんは少し驚いたふりをした。

「夕飯を食べに？」

「あ、はい。麗奈さんは？」

「地下で買い物を」

ふたりがいまいるのは、マルタ語だとイス・スゥー・タル・ベルト、日本語に訳せば町の市場だが、ヴァレッタ・フード・マーケットと呼ばれる場所だ。建物自体はマルタにありがちな古めかしい歴史的建造物だが、中身はモダンでこじゃれた空間で、一階から三階はフードコート、地下一階はスーパーマーケットだった。

麗奈とは偶然、会ったわけではない。イムディーナから戻り、荷物をホテルに置いたあと、ボクちゃんはゴンザレス宅へむかった。そして少し離れたところで一時間ほど張り込みをして、玄関からでてきた麗奈を尾行し、ヴァレッタ・フード・マーケットまでついてきたのだ。こちらから声をかけると、追ってきたのではと警戒されかねない。なのでボクちゃんは彼女の目につきやすいところに移動して、むこうが見つけるよう仕向けたのである。

「ひとりで?」

「そのへんに真梨邑さんの部下がいるはずだっぺ」

やはりそうか。

尾行をしているあいだ、自分とおなじように麗奈と距離を保ちながら、彼女についていく外国人がいることに、ボクちゃんは気づいていた。尾行にしてはあまりにバレバレだったので、そうではないかと思っていたのだ。いまも二十メートルほど離れたところに突っ立って、こちらを見ている。真梨邑の部下であれば、インターポールのはずだが、えらくガラが悪い。サングラスをかけ、派手な色の開襟シャツに七分丈のパンツといういでたちからして、日本の三下ヤクザみたいだ。

麗奈が下りのエスカレーターに乗るので、ボクちゃんもついていく。地下一階のスーパーマーケットの中をふたり並んで歩いていった。色鮮やかな生鮮食品にパン

や お酒などが整然と並び、種類も豊富だ。豆やチーズ、飲料など地元でつくられた商品も多い。目の端に真梨邑の部下が見えた。なりは三下ヤクザでも、仕事はきっちりこなすタイプなのだろう。

「今朝、練習にいったんだべ？」商品を眺めながら、麗奈が訊ねてきた。「どうだった？」

「どうにかできるようにはなった」

「衣装を着た写真は、日本の弟さんと妹さんには送ったが？」

「送った。にぃちゃん、かっこいいどって褒めでくれだよ」

「よがったな」

自分の嘘を鵜呑みにするばかりか、我が事のようにうれしがる麗奈を見て、ボクちゃんは心が痛む。だがいまは良心の呵責《かしゃく》など感じている場合ではない。

「麗奈さんは日本に帰りたくねぇが？　弟と妹には会いでぇべ？」

「そりゃ会いでぇ。でもウチがここでダーリンと暮らしているからこそ、弟と妹は生きていげるわけだし」

「昨日、ぼくが『踊るビーナス』を手放したらどうだべって言っただろ？　あの彫像、売れれば日本円にして二十億円するのは知ってるが？」

「だからなに？」

「その金をまるまる手に入れようとは思わねぇが？」

麗奈は足を止め、ボクちゃんの顔をまじまじと見た。

「『踊るビーナス』を渡してくれれば、売り捌いて全額をきみに渡す。マルタをでて、日本へいく手配もすっぺ」

「できっこねぇべ」麗奈は鼻で笑い、ふたたび歩きだす。「どこへいこうとも、ゴンザレスは必ず追ってくる。捕まったときにどんな目にあうか、考えるだけでゾッとする。ウチだけじゃねぇ。弟と妹が巻ぎ添えを食ったら」

「きょうだい三人、シンガポールで暮らすのはどうだっぺ?」

ボクちゃんの意外な提案に、麗奈は戸惑いを隠し切れずにいた。

「シンガポールの若き実力者、フウ一族当主のミシェル・フウと知りあいなんだ」

イムディーナから戻るバスの中、ミシェルことコックリにメールで打診したところ、他ならぬボクちゃんさんの願いであればと、色よい返事をもらっていたのだ。「きみの心臓についでも話したら、いい医者を紹介するって言ってくれたべ」

「ゴンザレスだけじゃねぇ。インターポールや警視庁捜査二課が追いかけてくるべ」

「それについては、ぼくにイイ考えがある。聞いでもらえるが?」

麗奈からの答えはなく、無言で食材を選んでいる。その横顔を見ても、胸の内でなにを考えているのか、ボクちゃんには読み取ることができなかった。断られたら元も子もない。それどころかいまの話をゴンザレスにバラされたら、すべてはおじゃんだ。冷房が効いた涼しい店内で、ボクちゃんは全身に、じっとり嫌な汗をかいてしまう。

やっぱりぼくは詐欺師にむいていないのか。

「沼田さんは何者け？」しばらくして麗奈が表情を変えず、訊ねてきた。「ただの美術商ではねぇべ。あの丹波いうマッポが追っとる詐欺師のひとりけ？　もしかして四代目ツチノコ？」

「と、とんでもねぇ。ぼくはきみを救いたい一心で」

「おい、こらっ」ボクちゃんはビクリと身体を震わせた。知らぬ間に真梨邑の部下が背後まで、近寄ってきていたのだ。「さっきから日本語で、なにゴチャゴチャ言ってんだ、おまえは」

「日本人同士だから日本語で話すのは当然でしょ」

麗奈はそう言ってから、各々を紹介した。真梨邑の部下はリカルドという名前だった。

「で？　なにを話していたんだ？」

「沼田さんにブラジオリの作り方を教えていたのよ」

「なんだ、ブラジオリって？」

「マルタの郷土料理よ。ねぇ、沼田さん」

「は、はい。ハンバーグのように丸めた挽肉を、牛の薄切り肉で巻いて、赤ワインで蒸し煮するんです」

「ウマそうだな」リカルドはごくりとツバを飲みこんだ。

「リカルドさんにも今夜、食べさせてあげるわ」

「そりゃあ悪いな。なにせマルタにきてからというもの、ロクなメシを食ってないんだ。ウチのボスときたら、人使いが荒いもんでね」

「そう言えば今日、真梨邑さんはどこにいるの？」

「コミノ島さ。日本の刑事の伝手で、四代目ツチノコの正体を知る人物に会っているらしい。真梨邑さんが狼なら、あの日本の刑事は野良犬みたいなもんだけどな。野良犬なりに鼻が利くんで莫迦にはできねえよ」

四代目ツチノコの正体を知る人物？　いったい何者だろう。

「沼田さん。ブラジオリの作り方、おわかりになりました？」

「え、あ、そうですね」

「私がつくっているところの動画をあとで送りますんで、ＬＩＮＥのアドレス、交換しません？」麗奈がスマホを取りだし、つづけて日本語でこう言った。「さっきの話、夜中にＬＩＮＥで詳しく教えてください」

# Ⅷ　俺（四日目）

「絶景かな、絶景かな。春の宵は値千両とは小せえ、小せえ」

「丹波刑事。ここは南禅寺《なんぜんじ》の山門ではないんですから」

俺は言った。ならばどこかと言えばマルタ島から、ボートで十五分ほどのところにあるコミノ島を訪れていた。より詳しく言えば、島の西側に広がる小さな湾、ブルー・ラグーンだ。もちろん春の宵でもない。十月とは言え、まだまだ夏の陽射しの昼前である。絶景であるのはたしかだ。海が空とおなじく乳白色のため、正午間近で真上に太陽があると、船の影が真下にできて、船が浮いているように見えた。丹波のみならず、ボートに同乗する観光客達もスマホを片手に大はしゃぎだ。

「真梨邑さん、いまのが石川五右衛門《いしかわごえもん》の台詞だとわかるんですか」

「『楼門五三桐《さんもんごさんのきり》』の二段目の返し、南禅寺山門の場でしょう」俺はそう答えたあと、おなじ場にでてくる有名な台詞を諳んじてみせた。「石川や浜の真砂《まさご》は尽きるとも世に盗人の種は尽きまじ」

「さすがインターポール。東大王並みに知識が広い」

丹波にすれば最大級の褒め言葉のようだが、俺はべつにうれしくなかった。

「あちらを見てください。あの崖、巨大な象に見えませんか」

「ほんとだ」赤星栄介に言われ、丹波はすかさずそちらにスマホをむける。

昨夜、赤星から丹波に電話があり、ここへ呼びだされたのである。そしていま三人はボートに乗っていた。まわりを囲む家族連れやカップルといった幸せに満ち溢れた連中は、むさ苦しい男三人が並んで座っているのを、はたしてどう思っているのだろう。さきほど三歳ほどの子どもが、俺達を見つめていたところ、母親に叱られていた。あんなオトナと関わってはいけないということにちがいない。正しい教育方針だ。

「丹波刑事、あなたは自分がマルタになにしにきたのか、お忘れではありませんか。このヤマに賭けていて、しくじれば一巻のおわりなんでしょう?」

「そうですよ。だけど楽しめるものは楽しんでおかないと。そりゃあ真梨邑さんはいいですよ。お若いからまだまだ人生を楽しめますからね。私はじきに定年です。こうしてふたたびマルタを訪れることもありませんもの」

丹波は少しも悪怯れることなくそう答えた。暖簾に腕押しとはこのことだろう。腹を立てるだけ損というわけだ。

「昨日、ゴンザレスさんの家にいったのでしょう? 三人の日本人に会うことはできましたか」

「できました、できました」赤星の質問に、丹波が即座に答える。「凄いんですよ、赤星さん。真梨邑さんの胸ポケットに差した万年筆には、超小型カメラが搭載されていましてね。写真のみならず動画まで撮れる優れものなんです。さすがインターポール」

「アマゾンで購入した日本製です。とても便利なので日本の警察もお使いになればいい」俺は嫌味ったらしく言ってから、胸ポケットから三枚の写真をだす。「昨日会った日本人です。あなたのお知りあいかどうか、確認してもらえませんか」

俺から受け取った写真を赤星は見ると、十秒もしないうちに、そのこめかみに血管が浮きでてきた。それだけではない。頰がピクピクと痙攣している。どうやら怒りを抑えているらしい。

「制服姿の女はダー子、眼鏡をかけた男はボクちゃん」

「ほんとですか」丹波の目が鋭くなる。マルタにきた本来の目的を思いだしたらしい。「ではこの太っちょがリチャード?」

「いや。こいつは五十嵐といって、三人の手下のようなものです」

「間違いありませんか」俺は念を押すように言う。

「さすがインターポール」赤星はさきほどの丹波とおなじ台詞を言う。「たやすく他人を信じないその態度。日本の警察も見倣ってほしいものですな」

「こりゃ一本取られた」丹波はぴしゃりと自分の額を叩く。いまでもこんな古臭い動作をする日本人がいるのかと、俺は呆れてしまう。

「これをご覧ください」

赤星がスマホをだし、画面を何度かタップしてから俺と丹波のほうにむけた。きりりと引き締まった顔の女性がこちらを見ている。なにかの証明写真のようだ。

「本物の佃一佐です。これが本物の富田林警備対策官で」赤星がスクロールすると、今度は細面の苦み走ったイイ男があらわれた。五十嵐とはまるでちがう。さらにスクロールして、つぎにでてきたのは白髪の老人だ。「本物の沼田誠之助です」

「あちゃあぁ」丹波が嘆くように言う。「制服のカワイコちゃんがダー子だったとはねぇ。あの子の両手に手錠をかけるのは、なんとも忍びない。真梨邑さん、マルタ島に戻ったら、ダー子とボクちゃん、ついでに五十嵐も任意でしょっぴきましょう。こう見えても私、落としの丹波と言われたこともありましてね。どんなに口が堅い凶悪犯でも犯した罪を自供させてきました。その腕はいまだ衰えておりません。ぜひ」

「まだその段階ではありませんよ、丹波さん。『踊るビーナス』を狙っているのは間違いないが、まだなにもしていません。いま捕まえたところで、いくらでも言い逃れはできます」

「いや、しかし私が長年追ってきたホシどもですし、ここはなんとかひとつ」

「俺が追っているツチノコかもしれません」俺は駄々っ子を諭すように言った。「だいたいあなたは、私の指示に従うという約束をしたではありませんか。もうお忘れなのですか」

「わかりました」丹波はおとなしく引き下がる。だが納得はいっていないようだ。

「『踊るビーナス』をふたりはご覧になったのですか」

「それがですね。五十嵐という男の顔が腫れているでしょう？」と切りだしてから、丹波は昨日の出来事を、事細かに話した。

「ダミーを本物と交換？」赤星は爆笑した。「相変わらずテキトーな作戦だな」

「相変わらずということは、もしかしてあなたは、そのテキトーな作戦に騙されて何十億も奪い取られたと？」

俺の指摘に、赤星は笑うのをピタリと止めた。そしてまたこめかみに血管が浮きあがり、頰をピクピクさせる。

「や、やだな、真梨邑さん。赤星さんは詐欺になどあっていないと、再三おっしゃっているじゃないですか。ねぇ。はは」

やれやれ。

「参考までにお訊ねしますが、ダー子とボクちゃん、このふたりのうち、脅せばこっちにつくとしたら、どちらですかね。赤星さんの経験上ではなく直感で、お答え願えますか」

「どっちも無理でしょう」赤星は素っ気なく言う。「でも転ぶとしたらボクちゃんのほうだと思いますよ。ただし脅しではなく情ならばね」

情か。俺がもっとも苦手とすることだ。

「ダー子とボクちゃんのふたりが居あわせ、手下の五十嵐が暴漢に襲われ、ツチノコのカードが残されていた」丹波がもっともらしい顔で言う。「だとしたら残りのひとり、リチャードが四代目ツチノコだとは考えられませんかね」

丹波の話を聞きながら、赤星がニヤついている。もしかしてと俺は訊ねた。

「赤星さん、リチャードの行方を知っているんですか」

「知るはずないでしょう。私がマルタ共和国を訪れているのは、水球普及委員会理事としての役目を果たすためですよ。チンケな詐欺師がどこにいようとも、関係ないことです」

あくまでもその体《てい》は崩さないのだな。

「だけど、ある日本人の女がヴァレッタの街角に移動販売車でラーメンを売っていましてね」

「ラーメン？」俺は思わず聞き返す。

「まさかその女って」丹波が鼻息を荒くした。「リチャードがお気に入りのハニートラッパーでは？」

「さてどうですかな」赤星は首を傾げる。なんともわざとらしい仕草だ。「店の名前はローマ字でＮＡＭＩＫＯでした。どうやらそれが女主人の名前らしい。ちょっと気になったもので、私は自分の手下、ではなくて公益財団『あかぼし』のマルタ共和国支部で働く部下を数人、通わせているのですが、いままでの人生で食べたことがないほどヒドい味だと全員が言います。ところが魅惑的な女主人を見ながらであれば、味のことなど気にせずに完食できるそうで」

「どんなラーメンか、逆に興味深いですなぁ」

丹波の口角があがっている。ラーメンよりも女主人のほうが興味深いにちがいない。

「その店に六十絡みで小柄だが、やたら凄みのある、とても堅気とは思えない日本人があらわれ、腕が立ちそうな若者に、たった二日で大金を稼げる簡単な仕事があると声をかけているそうです。私の部下もひとり誘われて、男についていきましてね。その模様を隠し撮りしてきたので、どうぞ見てやってください」

赤星が差しだすスマホを俺と丹波は覗きこむ。その画面にでてきたのはバラのカタチをしたアイスクリームだった。

「ラーメンのあとに食べると格別だろ」男の声がした。日本語だ。「なにをしている？」

「写真に撮って、インスタにアップするんスよ」

べつのひとの声が答える。カメラワークが変わり、男性があらわれた。ソフト帽を被り、サングラスをかけているせいで、顔の下半分しか見えない。だが肌が衰え、口元のシワなどから、赤星の言うとおり六十絡みと思われる。動画撮影をオンのまま、スマホを胸ポケットに入れたのだろう。場所は町中のオープンカフェで、テーブルを挟んでむかいあわせに座っているらしい。

「きみの退屈な日常をいったいだれが見るんだ？」

「これでも俺、けっこうフォロワーいるんスよ。ユーチューブもやっていましてね」

「その話はラーメン屋で女主人にしていたな。マルタのあちこちを小型のドローンで空撮して、アップしているって」

「ええ。日本でドローン操縦の認定資格を取得したんです。マルタには語学留学にきてるんスけどね。こっちぃきて三ヶ月以上経つのに、一言も英語しゃべれなくて。そもそも俺、脳みそも筋肉でできてる体育会系なんで、英語だけじゃなくて勉強全般苦手なんスよ」

「たしかに細身なのに筋肉は立派だ。体育会系ってどんなスポーツをしているんだ？」

「フェンシングです。ほぼ毎日、こっちにある練習場に通っているんスよ。言葉通じなくても、身体を動かしてれば心は通じるもんなんで」

留学生ではありませんが、ドローンとフェンシングの話はほんとですと、赤星が動画を見ながら注釈を入れた。

「それでオジサン、たった二日で大金を稼げる簡単な仕事ってなんスか」

六十絡みの男性は相手の質問には答えず、テーブルの真ん中に茶色の紙袋を置いた。

「なんスか、これ？」

「中身を見たまえ」

赤星の部下は紙袋を手に取って開く。中身もきちんと撮影できていた。ユーロの札束だった。ヒュゥゥと口笛の音が聞こえる。スマホからではなく、丹波が吹いたのだ。

「ほんの手付けだ」六十絡みの男性が言った。「成功したら人生が変わるほどのお金を渡そう」

「いくらなんでも大金すぎやしません？　ってことは簡単だけどヤバイ仕事なんスよね？」

「女を誘拐する。ただし手荒な真似は一切しない。一日監禁して帰す。簡単だがヤバくて危険だ。やるかね」

「やりますよ。オジサンが言ったとおり、退屈な日常にはいい加減ウンザリしてたとこなんで」

赤星の部下が摑んだ紙袋が画面から消え、ジッパーの音が聞こえた。たぶんバッグにでもしまっているのだろう。

「決行は？」

「明日の夜。明後日の朝までにはすべてがおわる」

「明日はノッテ・ビアンカだけど」

「だれかとでかける予定でもあるのかい」

「ないッスよ。何時にどこへいけばいいんスか」

「七時にさっきのラーメン屋にきたまえ」

「なにか持ってくるもんありますか？」

「手ぶらでかまわん。おっと、そうだ。スマホは持ってくるな。うっかり使って手がかりを残すようなことになったら面倒だからな」

「わかりました。お互いまだ自己紹介してなかったッスよね。俺の名前は」

「言わんでよろしい。なまじ知ってて、なにかの拍子で本名を言ってしまい、さらった女に聞かれたら面倒だからな」

「そりゃそうかもしれないけど、いいんスか？　俺、この金だけもらって、明日、こないかもしれませんよ」

「その場合は後日、それ相応の罰は受けてもらう。名前を知らなくても、東京二十三区の半分しかない狭い国だ。ろくに勉強もせず、ドローンの空撮をユーチューブにアップして、フェンシングに明け暮れている日本人留学生なんて、半日もあれば見つけだせるからな」

「やだな、脅かさないでくださいよ」

「脅してなどいるものか。起こりうることを丁寧に説明しているだけだ。きみが約束をすっぽかすような悪い子ではないとは信じているがね」

　六十絡みの男性はアイスクリームを舐めながら、声のトーンを変えずに言うのが却って怖い。だれかに似ていると思い、俺はすぐに気づいた。カラヴァッジョの『トランプ詐欺師』で、いかさまを指示する年配の男にそっくりだった。顔かたちではない。醸しだす、狡猾な雰囲気がおなじなのだ。

「とは言え名前がないと不便だから、きみをフレディと呼ぶことにしよう」

「なんでフレディなんスか」

「他に三人、スカウトしていて、彼らはブライアン、ジョン、ロジャーと名付けた。これを聞けば名前の由来はわかるだろ」

「さっぱり」

「クイーンのメンバーだよ。フレディ・マーキュリー、ブライアン・メイ、ジョン・ディーコン、ロジャー・テイラー」

「すみません、俺、洋楽、あんまり聞かないんで」

　六十絡みの男性は、とびきりのネタがスベッた芸人のような表情になった。

「あ、でもフレディでオッケーです。オジサンはなんて呼べばいいんスか」

「私かい。ツチノコと呼びたまえ」

「なんスか、ツチノコって？」

「きみはなんにも知らんのだな。ネットで調べたまえ」

　動画はおわり、画面には六十絡みの男性が不敵な笑みを浮かべたままになった。

「この男が四代目ツチノコだと?」と俺。

「さぁ、どうですかな」赤星がトボケた口調で答える。

ふざけた野郎だ。海に突き落としてやろうかという気持ちを、俺はぐっと抑えた。

ボートは海上にぽっかり開いた洞窟へ入っていく。すると客が一斉に感嘆の声をあげる。中は一面、澄み切ったエメラルドグリーンだったのだ。だがいまの俺には関係がない。絶景かなと浮かれていた丹波も、幻想的と言っていい光景に目を奪われることなく、赤星の手にあるスマホから視線を動かさずにいた。そして思い詰めたような顔で、赤星に訊ねた。

「第三の男、リチャードですよね?」

「さきほどのラーメン屋の女主人が、彼にそう呼びかけているのを聞いた者が何人かいます。フレディと名付けられた彼もそのひとりです」

「真梨邑さん」丹波の声が洞窟の中に鳴り響き、他の観光客の視線が集まった。それに気づくと、彼は「ア、アイムソーリー」と詫び、声量を絞って話をつづけた。「リチャードが四代目ツチノコであることは間違いない。即席で実行部隊をつくって、麗奈さんを誘拐する算段だ。明日の晩を待たずとも、地元警察を総動員すれば探しだせます」

「無理ですよ。地元警察はそれこそ明日のノッテ・ビアンカにかかりきりです」

「インターポールは?」

「本部に援軍を頼んだものの、色よい返事をもらえませんでした。私とリカルドのふたりでは明日のボディガードが精一杯です」

「では麗奈さんがさらわれるまで待てと言うんですか」

「いや。いっそのこと、麗奈さんにはさらわれていただきましょう」

「はぁぁあ？」丹波は目をぱちくり瞬かせた。「真梨邑さん、自分がなにを言っているのか、わかっていますか」

「もちろんですとも。四代目ツチノコに誘拐をやらせ、犯行の完遂をもって逮捕するのです」

「犯行の完遂って、どの段階です？」

「麗奈さんと引き換えに、四代目ツチノコが『踊るビーナス』を手にした瞬間です」

「いや、しかしですね。麗奈さんだって、さすがにそこまでは協力してくれないでしょう。ゴンザレスさんだって許すはずないですよ」

「当然、ふたりには内密で」

「正気とは思えない」

「未遂で挙げても罪は軽い。すぐ出所して、またつぎの犯罪をおこなうにちがいありません」

「だからといって、民間人を危険にさらすのは、いかがなものかと」

「なるほど」赤星がニヤつきだした。「私には狼さんの腹ん中が読めましたよ。麗奈さんが危険な目にあわないよう､私の部下に見張らせるおつもりなんでしょう?」

「おっしゃるとおりです。ご協力願えますか?」

「よござんすよ。乗りかかった船ですしね。彼にはきちんと話を通しておきましょう。なんならGPSを隠し持たせて、つねに居場所がわかるようにしましょうか」

「願ったり叶ったりだ。ぜひよろしくお願いします。丹波さんも、これなら納得していただけましたか」

「指揮官はあなただ。従いますよ」

どんな無理難題でも、上の者の指示にはおとなしく従うことが、日本人にとって美徳とされているのだ。半分フランス人の俺にすれば、不思議でたまらないが、いまはむしろ都合がいい。

ボートは洞窟から雲ひとつない青空の下にでた。すると眉間に深い皺を寄せながら、丹波が訊ねてきた。

「私にはよくわからんことがひとつありまして、できれば真梨邑さんの見解をお伺いしたいのですが」

「なんでしょう?」

「ダー子とボクちゃん、リチャードの三人は手を組んで仕事をしてきています。ところが今回、どうも様子がちがう。無数の犯罪者とむきあってきた、落としの丹波としましては、ダー子とボクちゃんは仲間どころか、敵対したライバルのようにしか思えないのです。だれかにバケていようとも、人間の本心というか本性は、たやすく隠せやしません」

　丹波の言わんとすることはわかった。俺も薄々気づいていたのだ。

「リチャードの計画にしてもそうです。ダー子とボクちゃんが狙う『踊るビーナス』を横取りするつもりだ。つまり手を組むどころか三つ巴の戦いが繰り広げられているようだ。どうしてこんなことが」

「腕比べですよ」赤星が訳知り顔で言う。「むかしむかしの話ですが、某資産家の許に十二歳くらいの少年が訪れましてね。夏休みの宿題で、メジャーリーガーになった日本人選手について調べています、そのうちのひとりのサインボールを、あなたがお持ちだと聞きました、できれば写真を撮らせてください、という少年の願いを某資産家はなんの疑いもなく、聞き入れてあげました。それから数年のち、そのサインボールがニセモノだというひとがあらわれた。目の前で選手本人に書いてもらって以来、自分以外はだれひとり手を触れていないのだから正真正銘の本物だと喧嘩になった。遂には鑑定家に見てもらったところ、なんと偽物だった。すると某資産家は自分以外にただひとり、サインボールに触れた人物を思いだしました。写真を撮りにきた少年です。撮影には立ち会いはしたが、彼の一挙一動を凝視していたわけではない、もしかしたらと思ったものの、何年も前のことで少年と連絡がつくはずもなく、諦めたそうです」

どうしていまそんな話を？　そう思いつつも、俺は黙って耳を傾けた。丹波も神妙な面持ちで聞いている。

「某資産家の許に少年が訪れたのとおなじ頃、同い年くらいの子どもに、とある音楽プロデューサーが騙された事件がありました。このプロデューサーは業界でも有名なロリコン趣味のクソ野郎でしてね。オーディションで採用した十二歳の女の子に、私のためにお城を建ててほしいとねだられただけではなく、彼女の親戚筋が経営する不動産屋で、東北にある三百坪の土地を五千万円で購入してしまった。噂では現金一括だったらしい。ところがその直後、女の子と一切連絡が取れなくなった。履歴書に書かれた自宅の住所にいってみたものの、まるでべつの家族が暮らしていた。不審に思い、不動産屋にいってみると、テレビドラマや映画などの撮影に使うレンタルスタジオだった。いよいよもって焦ったロリコンクソ野郎は自分が買った土地についても調べてみたら、資産価値はたったの一万円だったと」

「坪単価がですか」と丹波。

「いえ、三百坪ぜんぶで一万円です。被害者がロリコンクソ野郎だったので、だれも同情しませんでしたがね。さらに同時期には悪名高い宗教団体から一億円相当の金塊が騙しとられたり、ヨーロッパの某公国の女王が愛人に日本円にして十数億円も貢ぎ、ここ地中海に浮かぶ島の一部を捧げたといった事件も起きています。規模はちがうし、手口はバラバラ、被害者になんら共通点もない。腕が立つ詐欺師が技を競いあったのではないかと、まことしやかに噂が流れています」

「サインボールがボクちゃん、三百坪の土地がダー子、金塊がリチャードはわかりますが、女王を手玉に取った愛人は？」

「三代目ツチノコです」丹波の疑問に俺が答える。「その事件についてインターポールでも調査しましたからね。ただし結局、捕えることはできなかった」

「そして今回はマルタ共和国を舞台に、ダー子とボクちゃん、リチャードの三人が腕比べをしているわけか。なるほど」と言いながらも、丹波は納得した様子はなく、首を傾げた。「でもなんでまた、そんな真似をしているんでしょうかねぇ？」

## Ⅸ　私（一～四日目）

私がマルタ共和国を訪れたのは観光ではない。私的な厄介事を解決にきたのだ。正直なところでは仕事かと言えば少しちがう。私自身が片を付けねばならないことだった。面倒だし、まるで気乗りしない。だが私自身が片を付けねばならないことだった。

それというのも、一昨年のおわり頃から、世界の至るところで、私の名を騙る者があらわれたのである。知る人ぞ知る存在でしかない私にバケてなにが面白いのか、さっぱりわからず、その噂を耳にしても、放っておいた。

ところがしばらく経つと私について、まるで身に覚えのない悪評が立ちはじめた。間違いなく偽者の仕業だった。それでも私は耐えた。そのうちだれかが偽者を捕まえてくれるだろうと思っていたからだ。

ところが私の偽者は、なかなか巧妙だった。私の名前を騙るだけのことはあると感心したくらいだ。とは言えこのままにはしておけず、私自らが、私の偽者を捕えねばならなくなった。

地中海を囲む国々には、幾度となく足を踏み入れたことはあった。しかしマルタ共和国ははじめてだった。ここには私の苦手なものがふたつあった。観光客と陽射しだ。そもそも私は浮かれはしゃぐ人間が嫌いなのだ。職業柄、家族はおらず友人もいないせいかもしれない。

陽射しが苦手なのは、肌荒れの原因になるからだ。海辺を水着姿で歩いていた若い頃の自分が信じられない。いまでは日焼け止めのクリームを入念に塗り、できるだけ陽に当たらないよう、どんなに暑くても長袖を着て、ツバのある帽子を被り、サングラスをかけ、スカーフは首まわりだけでなく、鼻から下に巻き付けていた。昼日中に歩いていると、苦しくてたまらないときさえあるくらいだ。

こんなことなら、フランスで、仕留めておけばよかったな。


二ヶ月前、フランスのシャンパーニュ地方に、私の偽者があらわれた。その情報が届いたとき、私は別件で、おなじフランスのリヨンにいたため、すぐさま現地にむかったものの、ときすでに遅し、タッチの差で私の偽者は姿をくらましていた。自分の失態に腹が立ち、私は私の偽者捜査に、本腰を入れようと決意した。

私の偽者の写真は、思いの外、たやすく手に入った。私とは似ても似つかない人物だとは知っていたものの、こうまでちがうとは思ってもいなかった。これまた職業柄、同業者さえも私の顔を知らず、噂ばかりが流れているせいかもしれない。そして噂からつくりあげた顔が、私よりも私の偽者のほうが適しているというわけだ。世の中、理不尽極まりない。

写真を入手しながらも、そこから先の捜査は難航した。私ひとりでしていたのもある。同業者に協力を仰ぐことも考えたが、自分の偽者さえ捕まえられないのかと陰口を叩かれるのが関の山なのでやめておいた。

私は私の偽者が出現した場所を巡り歩くのを止めた。それでは埒があかないと思ったからだ。そこでまず、私の偽者が必要とするものを考えた。となれば手に入れたものを隠しておく場所だ。今後も増えていくとしたら、ある程度の広さを確保し、セキュリティを完璧にしておく必要がある。

そう考えているうちに、私はある男を思いだした。イタリアにある金庫メーカーの三代目社長、ロレンティだ。六十歳を越えたいまでも、浮き名を流す現役の艶福家である。そんな彼が二十年近く前、とんでもないしくじりをやらかしたことがあった。マフィアのボスのひとり娘に手をだしてしまったのだ。しかも彼女はまだ十七歳だった。

この件を知ったボスにロレンティは殺されかけた。そのときの状況については諸説ある。理容室でロレンティが髭を剃ってもらっていたところ、いつの間にか店員がボスに入れ替わっていたというのが、いちばん有力な説だ。ロレンティは喉元に剃刀を当てられたまま、ボスにむかって命乞いをした。ただ単に殺さないでくれと頼んだのではない。自らが経営する金庫メーカーの商品である金庫室がどれだけ優れているか、売りこんだ。

自社で開発した特殊防御材の使用により、いかなる破壊行為も一定時間防げるうえに、過酷な試験を重ねた結果、耐火・防水・耐震の性能は高く、盗難や火災、自然災害などの脅威から保管物を守ることが可能で、イタリアの金融機関の八割方に、我が社の金庫室をご利用いただいています、マフィアのボスであるあなたならば、さぞやたくさんの貴重品をお持ちにちがいない、そんなあなたのために史上最強の金庫室を無料で提供致します、だからどうぞ命だけは勘弁してください。

するとボスは、ロレンティの喉元から剃刀を離した。命懸けのセールスを受け入れたのである。そして別荘として利用しているイタリアの古城の地下に、金庫室をつくるよう、ロレンティに命じたのだという。

話はこれでおわりではない。ボスは金庫室が完成した直後、ここへ潜入できた者に、一千万ユーロの賞金をだすと公言したのだ。もしだれかが成し遂げた場合、その金庫室は史上最強ではないことになり、ボスに嘘をついた罪をあがなうため、ロレンティの命は奪われねばならない。ただしこの二十年近く、一千万ユーロの賞金を手に入れようと、数多の者がトライしているそうだが、いまだロレンティは夜の繁華街にでかけては、女漁りに勤しんでいる。それればかりか彼の営む金庫メーカーの業績は右肩上がりをつづけていた。

マフィアのボスからの紹介で、地中海周辺の裏社会からの依頼も数多くこなし、信頼も厚かった。となれば私の偽者がロレンティの会社に、金庫室をつくらせている可能性が高い。

そう考えた私は、公益財団『あかぼし』会長、その実体は日本のゴッドファーザーと呼ばれる赤星栄介の代理人を装い、東京に鉄壁の金庫室をつくってほしいと依頼するため、ロレンティの会社に乗りこんだ。

どちら様からのご紹介でしょうか、という担当者の質問に、私は私の偽者が騙っている名前、つまり私の名前を口にした。ところが担当者は怪訝な顔をするだけだった。その方からは依頼を受けておりません、なにかのお間違いでしょう、とまで言われ、けんもほろろに追い返されてしまった。

ところがつぎの日、当てが外れて気落ちしていた私の許に、ロレンティの会社から電話があった。前日の担当者とは別人で、驚いたことに日本語で、社長秘書の星と申しますと名乗った。会って話がしたい、ただし社外で、なんでしたらランチを食べながらでもと言われ、当惑しつつも、私は彼女が指定したレストランにでかけた。

星はすでにおり、窓際の席を陣取っていた。すぐに彼女だとわかったのは、観光客は訪れず、地元の馴染み客だけを相手にしている薄汚れた場末の店で、日本人は星しかいなかったからだ。しかも男だけではなく、女でさえ見蕩れてしまいそうな美貌の持ち主だった。名前が星であるが、まさに銀幕のスタアのような輝きを放っており、実際、店内のだれしもが盗み見ていたが、本人は少しも気にする様子はなかった。彼女にすれば、それが日常だからだろう。

「お呼びだてして申し訳ありません」

私がテーブルを挟んでむかいの席に着くと、星は軽く頭をさげてから、蕩けるような笑みを浮かべ、正面から私を見据えた。その顔がほんのり赤い。ワインを呑んでいたのだ。そしてこの店のワインは無名だけど産地直送で絶品だから、ぜひお呑みになって、と勧めてきた。なるほど、彼女の言葉に嘘はなかった。こんなところで、これほどウマいワインにありつけるとは、思ってもみなかったので、少なからず驚いた。ワインだけではない。でてくる料理もハイレベルだった。

「観光客に荒らされないよう、ガイドブックどころかネットでも紹介されていないんですよ、この店」

箸ではなく、ナイフとフォークが止まらぬ私に、星は囁くように言った。そのときになって私は、自分がなにしにここを訪れたのかを思いだし、「私に話とは、どんなことでしょう？」と訊ねた。

するとは星は私の名前を挙げた。

「そのひとの紹介で、我が社にいらしたとおっしゃっていましたよね？」

「ええ。でもどうやら間違いだったようで」

「もしかしたら、この方？」

星がスマホの画面を私にむける。映画やテレビドラマでしかお目にかかったことがない、金庫室の巨大な鉄扉の前で、ロレンティと私の偽者が和やかな表情で話していた。

「間違いありません」ナイフとフォークを置き、私は応えた。「このひとです」

「二年前、我が社の地下にあるショールームで、社長から商品の説明を受けているとき、監視カメラが捉えた写真です。でもおかしいですわね。いまあなたがおっしゃった名前ではなかったのですが」

「彼はアーティスト活動をしていて、複数の名前を持っているんです」私は苦しい言い訳をする。

「本人はフランス貴族の末裔で、先祖達が残した遺産の管理のため、マルセイユの閉鎖したワイン貯蔵庫を美術品専門の金庫室に作りかえてほしいと、依頼にきたそうです」

「マルセイユのどこですか」

「そこまで詳しいことは知りません。あなたこそ、我が社を紹介してくれるほど親しい仲なのに、ご存じないいんですか」

「生憎とそれ以上のことは」

いけない。焦ってつい、訊ねてしまった。私としたことが、と後悔しながら言い訳を考えていると、星が自分自身のことを話しはじめた。

「私、あの会社に勤めてまだ二ヶ月なんです。夫に先立たれた傷を癒すために、新婚旅行先だったイタリアを旅していましたら、ロレンティと出逢いましてね。日本に帰ったところで空虚な日々を送るしかないと嘆いていましたら、ならば私の許で秘書として働けばいいとおっしゃって、マンションも借りてくださったのよ」

星は口角をあげた。魅力的というよりも凄みのある笑みに、私は怖気立った。彼女の本性を垣間見た気がしたからだ。つづけて私の名前を言い、「これって、あなたの名前でしょう？」と訊ねてきた。

正体が知れている？

さらにスマホの画面を指差し、「この人物はあなたの名を騙るだけでなく、あまつさえ犯罪を重ねてさえいる。これを食い止めるがために、あなたはあなたの偽者を追いはじめた」

私は息を呑み、改めて星を見る。これ以上、自分の身許を隠しても意味がないだろう。

「どうしてそれを」

「私どもも、あなたの偽者を追いかけているんですの」

そういうことか。

夫に先立たれたなんて嘘っぱちで、偶然を装い、ロレンティに近づき、自らの魅力を存分に発揮し、彼の会社に潜りこんだのだろう。

「私どもというのはいったい？」

「私のことを永遠の憧れと慕ってくれている、ダー子という同業者のお嬢さんがおりましてね。今回の件は、私、彼女の手伝いをしているにすぎません」

どういう仕事の同業者なのか、星の鮮やかな手口から推測がつく。ちなみに私の偽者も彼女の同業者だと言っていい。

「私の偽者に、なにか被害を受けたのですか」

「直接にはなにも。ただ二ヶ月ほど前、フランスのシャンパーニュ地方で、ベルナール・ベーの『我が家』が盗まれた件は？」

「私の偽者の仕業でした」

「三千万ユーロは下らないその絵画を、デボラ・ボナール公爵夫人に寄贈したのが、シンガポールのフウ一族の当主、ミシェル・フウだというのは？」

「知っています」

ミシェル・フウは十代後半ながらも、見事な手腕を発揮し、フウ一族とそのグループを束ねる才媛だ。

「ミシェル・フウは『我が家』を奪われたことよりも、その手段に腹を立てていて」

「施設の子どもをさらい、人質にしたことですか」

「そうです。なんの罪もない子どもをさらうなんて言語道断と、ダー子に訴え、あなたの偽者を捕まえて、メッタメタのギッタギタにしてほしいと頼んだのです」

「待ってください。どうしてフウ一族の当主が、あなたの同業者に？」

「いま説明している時間はありません。前作を見ていただければわかります」

前作とはなんのことか不明だったが、そこを掘り下げていても仕方がないので、私は黙って星の話に耳を傾けた。

「ミシェル・フウの気持ちはよくわかります。でもダー子と私にとっては、あなたの偽者よりも、マルセイユの金庫室で眠っている品々のほうがずっと興味深いんですけどね」ふふふと星は小さく笑う。「とは言えあなたの偽者をこのまま放っておくと、なにをしでかすか、わかったものではありません。なにはともあれダー子はいま、あなたの偽者を陥れんがために、用意周到に罠を張っている最中でして」

そこまで聞いて、私ははたと気づいた。

「もしかして、私がロレンティの会社を訪れることも予想していた？」

「ええ。でもいらっしゃるのが、もう少し早いと思っていましたわ。あと数日遅ければ、私のほうからでむくつもりでしたのよ」

自分の能力の低さを指摘されたのも同然だ。しかし私は不思議と腹が立たず、それどころか「お待たせして申し訳ありません」と詫びていた。

「いえいえ、とんでもない。それでまあ、ひとつ提案なのですが、よろしければダー子に協力してやってくださいな。あなたの名を騙るだけあって、なかなか手強い相手で、仔猫達だけでは太刀打ちできないかもと、あの子にしては珍しく弱気なんですよ。私はそばについてあげたいところですが、あなたの偽者について、まだ調べ足りておりませんの。あなたのように犯罪についてのプロフェッショナルで、百戦錬磨の方が味方してくれれば、ダー子も心強いはずです。どうかお願いできませんか」

額がテーブルにつくほど、星は深々と頭を下げた。すると私は店内のだれもが自分を見ているというか、睨みつけていることに気づいた。絶世の美女がこれだけ頼んでいるのに、どうして「うん」と言わない？　という圧をかけてきているのだ。日本語などだれひとり、わかるはずがないのにもかかわらずだ。

「わ、わかりました。私もひとりではままならないと考えていましたので」

「ほんとですか。うれしい」

そう言って星は、テーブル越しに私の両手をがっしりと摑んだ。私が独身男性だったら、このまま恋に落ちているところだろう。自分の秘書として雇い、マンションまで準備したロレンティを笑うことはできない。

そして私は星から、私の偽者の居場所を教えてもらった。それがマルタ共和国だったのである。ダー子とは直接、コンタクトを取っていない。仔猫と呼ばれる彼女の手下と会っていた。

マルタにはフッティーラと呼ばれる国民食というかファーストフードがある。石窯で焼いたドーナッツ形のパンをスライスして、サンドイッチにした食べ物で、専門店も多い。マルタを訪れた初日、そのうちの一軒で会った仔猫は、モナコという二十代なかばの女の子だった。

首都ヴァレッタにジェラール・ゴンザレスというスペイン人が、若い日本人女性と暮らしている。元マフィアだった彼は、『踊るビーナス』なる裏ルートで入手した古代ギリシャ彫刻を所有していた。市場にでれば一千五百万ユーロ、日本円に換算すれば二十億円のこの美術品を、私の偽者は狙っているのだという。そこでダー子は、やはり仔猫のひとり、五十嵐なる人物と身分を偽り、ゴンザレスに取り入ろうとしているらしい。

その話を聞き、とても用意周到とは言い難いプランで、私はいささか不安を覚え、だいじょうぶなのかと、モナコに訊ねた。すると彼女は持参したアタッシュケースをテーブルの上に置き、パカッと開いた。その中にあったのはDVD八枚組のBOXとDVDが三枚、そしてポータブルプレーヤーだった。パッケージを見ると、どうやら日本のテレビドラマとその映画版のようだった。

「こちらをご覧になっていただければ、我が師匠、ダー子様がどれだけ凄い方がおわかりいただけるはずです」

なんでもこのテレビドラマと映画は、ダー子とその仲間達をモデルにし、その活躍を映像化した作品だというのだ。

「ダー子さんのことが、どうして映像化されているわけ？」

「私が脚本家に売りこんだんです。そしたら想像以上にヒットしてしまって」

「いや、でもダー子のしていることは犯罪行為だ。これを見て、警察が捕まえにきたりしないの？」

「だってこれはドラマですよ。この物語はフィクションであり、実在の人物・団体とは一切関係ありませんって、テロップもでますもん」

「でもダー子さんは実在する？」

「はい。私は映画版の『ロマンス編』、ミシェル・フウは『プリンセス編』に。あなたがイタリアでお会いしたスタアさんはいずれにも登場しています」

スタアとは星である。前作を見ていただければわかります、と彼女が言ったのはこのことだったのだろう。

「私達は実在するけれど、実在しないんです」

モナコは禅問答のようなことを言い、にんまり笑った。


私の偽者は実在した。私にすればそれだけでじゅうぶんだった。マルタを訪れて二日目、私の許を訪れた仔猫は、ちょび髭という男だった。彼の案内でむかったヴァレッタ市街の某所に、私の偽者がいたのである。できればその場で取っ捕まえてやりたかったものの、ちょび髭に止められてしまった。

「勝手な真似をされては困ります。『踊るビーナス』を奪おうとするまで、あなたの偽者を泳がしておこうというのが、ダー子さんの考えだと、モナコから聞いているはずですよね」

「それはそうだが」

私の偽者が遠ざかっていくのを、私はみすみす見逃さなければならなかった。

「だいたい、いまここで捕まえたところで、そのあとどうなさるおつもりですか。コイツは私の偽者です、捕まえてくださいと地元警察につきだしたところで、相手にしてもらえませんよ」

ちょび髭の言うとおりだ。ハリウッドスターや大リーガーの名を騙っているならばまだしも、所詮は私の偽者である。ならば犯行現場で取り押さえ、窃盗罪なりなんなりで連行したほうがいい。それでも私はちょび髭にむかって、抗議をするように言った。

「アイツが犯行に及ぶまで、指をくわえて待っていなければならないのか」

「落ち着いてくださいって。お気持ちはよくわかります。だけど我々だって指などくわえずに、あれこれ手を打っています。この週末、ここヴァレッタでオールナイトのお祭りがありまして」

「ノッテ・ビアンカか」観光客と陽射しにつづいて、私は祭りが苦手だった。浮かれ騒ぐ人間の群れが嫌いなのだ。「それがどうかした?」

「ダー子さんと五十嵐さんが、ゴンザレス氏に接触しているのは、その日に『踊るビーナス』を奪取するように、お膳立てをするためなんです」

「そんな思惑通りにいくものかな」

「ダー子さんの活躍を描いたドラマのＤＶＤを、モナコから受け取っていますよね。ご覧になっていないのですか」

「見た。ぜんぶじゃないけど」

前日の晩、モナコと別れ、ホテルに戻ってからなんの気なしに見はじめたところ、思った以上に面白くて、全十話あるテレビ版を半分見てしまった。

「いつもダー子さんは、オサカナをまんまと騙しているでしょう？　今回も必ずウマくいきます」

「でもあれはフィクションだよね？」

「もちろん。でも我々は実在しています」

実在するしないの話を、私は深く追及しなかった。頭が混乱するばかりだからだ。話題を変えるため、私はちょび髭にべつの質問をした。

「私の偽者の居所を見つけたのであれば、正体も突き止めたのかな」

「地中海一帯を牛耳る犯罪組織を束ねていたボスに取り入って、その座を騙し取った、天才詐欺師ではないかと思われますが、まだはっきりとはわかっていません」

三日目はホテルに引きこもり、日がな一日、ダー子とその仲間達の活躍を見て過ごした。表にでればまわりは観光客だらけで、陽射しを浴びねばならないというのもある。だがなによりもドラマが面白かったからだ。テレビ版の残り半分とドラマスペシャルの『運勢編』を見おえてから、映画版の『ロマンス編』を見はじめたところ、タイミングを見計らったかのように、モナコからスマホに電話があった。ちょび髭が話していたとおり、明後日の晩、つまりノッテ・ビアンカの最中に、私の偽者が『踊るビーナス』を盗むのが確実になったのだという。

「お膳立てがうまくいった？」

「そうです。その件について明日、ミーティングをおこなうことになりました」

「どこで何時からかな」

「なにせわかりづらい場所ですので、午前十一時に私がそちらへお迎えにあがってご案内します」

つぎの日、約束の時間に訪れたモナコに連れられ、ヴァレッタからフェリーに乗り、十五分ほどかけて対岸にある町、スリーマへと移動した。

潮風に煽られながら、屋台が軒を並べた海岸沿いの遊歩道を歩いていく。見晴らしがよさそうなホテルやレストランが点在し、湾岸には高級なボートがところ狭しと何艘《そう》も停泊している。抜けるような青空と穏やかな海は、リゾート地以外のなにものでもない。ふつうのひとであれば解放された気分になり、浮かれはしゃぐのだろうが、私には居心地が悪いだけだった。人生の大半を闇の世界で過ごしてきたからにちがいない。そんな心情が顔にでていたらしい。隣を歩くモナコに「どこかお加減が悪いんですか」と心配されてしまった。

「少し船に酔ったみたいなんだ」

私は適当な嘘をついて、ごまかした。

「ベンチに座ってお休みになりますか」

「目的地まではどれくらい？」

「歩いて五分程度です」

「だったら平気」

「掌を上にして、手から指三本分下のところに内関《ないかん》というツボがあるのでそこを押してみてください。胃の不快感を和らげ平衡感覚を保つのに、効果的なツボなんですよ」

言われたからにはやらざるを得ない。

「ほんとだ。だいぶ楽になった」

「よかった」

モナコはニコニコ笑う。ダー子の一番弟子を名乗り、詐欺師を目指すにしては、簡単にひとを信じすぎる。だがそんな彼女を私は嫌いになれなかった。

遊歩道から脇道に入っていくと、人影はぐっと少なくなった。しかしどんな細い道でも路駐する車は必ずあった。隙間なく並んでいると、どうやって車をだすのか、余計な心配をしてしまうほどだ。

「ここです」

モナコが足を止めたのは、教会の前だった。バロック様式と思しき荘厳な外観ではあるものの、いささかインパクトが弱い。モナコの話では観光客などは滅多に訪れず、地元民が足繁く通っているのだという。

中に入ると、モナコは礼拝堂の片隅にある小屋というか個室へむかう。いわゆる懺悔室《ざんげしつ》にちがいない。

「どうぞ、こちらへ」

モナコに言われ、面食らいつつも、懺悔室の懺悔する側の小部屋に入り、古ぼけてだいぶガタがきている椅子に座った。

「失礼します」とモナコが右手を伸ばし、壁の一部に手の平ぜんたいをぺたりと付け、ぐいっと手前に引いた。するとその裏側から、レバーハンドルらしきものがあらわれた。よく見れば、時代がかった重厚な装飾が施されている。

「私が扉を閉めたら、そのレバーを左側に九十度、回してください。そのあとなにがあっても大声をだしたり、立ち上がったりしてはいけません」

「え？」

聞き返す間もなく、モナコは扉を閉めた。こうなれば彼女の言うとおりにするしかない。真っ暗闇の中、レバーを握りしめ、左側に九十度回すなり、どこからかギギギギッと軋む音がする。それだけではない。部屋ぜんたいがガタンと揺れ、私の身体が地面に沈んでいくのを感じた。何事かと焦りながらも、モナコに注意されたことを思いだし、ひとまずスマホのライトを点け、あたりをぐるりと照らしてみる。どうやらこの狭い部屋自体がエレベーターのごとく下降しているらしい。その途端、私の胸中に、恐怖心が沸き起こってきた。

ここを訪れる途中、モナコについて、ひとを簡単に信じすぎると思った。

だが自分はどうなんだ?

モナコやちょび髭がダー子の仔猫だと信じていたものの、私の偽者の手下だとしてもなんら不思議ではない。なにせマルタにきて四日目、ダー子自身に会っていないのだ。そもそもダー子はフィクションの登場人物にすぎず、実在しないのかもしれない。

すべては私の偽者の仕業だとしたら?

イタリアで星に呼びだされた段階で、そう疑うべきではなかったのか。罠に嵌められ、このまま始末されるのかもしれない。私は左脚の裾をあげ、足首に巻いたホルスターからハンドガンを取りだした。S&W・Jフレームリボルバーだ。ふたたび部屋ぜんたいがガタンと揺れ、軋む音も止む。どうやら停まったらしい。私はスマホをしまってから、ゆっくり立ちあがる。そして息を殺して銃を構えた。いまさら抵抗しても助からないかもしれない。しかし私は諦めが悪い性格なのだ。

やがて光が射しこんできたかと思うと、目の前の扉が左右に開いていく。その隙間に人影があった。私はすかさず目の前にあらわれた人物の額に、銃口を突きつけた。

「コンフィデンスマンの世界にようこそっ」

「ダー子さん？」

「はい」

ドラマでダー子を演じる役者と似ていると言えば似ている。でもそれは顔かたちではなく、ぜんたいの雰囲気がそうなのだ。

「あなたにお会いできる日を楽しみにしていました。できれば私の額に押し付けている物騒なものを、しまっていただけませんか」

「申し訳ない」私は慌てて銃をしまう。

「いつも持ち歩いているんですか」

「友達も仲間もいない人生を送っているので」

「よかった」ダー子は笑った。「この仕事は、そういう方のほうが信頼できます。さぁさ、どうぞこちらへ」

ダー子に手を取られ、私は椅子から立ちあがり、狭い部屋からでた。

穴蔵みたいな造りの場所ではあるものの、天井は高く、整然と配置された照明のおかげで隅々まで明るい。空調設備も整っているらしく、快適な空間ではある。調度は丸テーブル一台と椅子が数脚、そのうちのひとつに座るよう、ダー子に促された。彼女は私の右隣に腰を下ろす。左隣にはちょび髭が、さらにそのむこうには、がっちりとむっちりの中間みたいな体格の男性がおり、私にむかって「五十嵐です。お噂はかねがね」と挨拶をした。

「ここはいったい、なんなんですか」

戸惑いながら、私はダー子に訊ねた。

「マルタ島の地下にはトンネル網が広がっているらしいんです。騎士団が建設した巨大都市の一部という説もありますが、はっきりはわかりません。ともかくそのトンネル網の地図を私の知りあい、とはもちろん詐欺師ですが、とあるルートで手に入れましてね」

ダー子が話をしているあいだ、モナコもおなじ装置で下りてきて、円卓に加わった。

「それでいま、ここではなにを?」と私。

「贋作職人のアトリエです」ダー子は屈託なく答えた。なんの後ろ暗さもない。「職人の数は二十人以上にものぼり、絵画はもちろんのこと、彫刻や彫塑《ちょうそ》、書道作品、版画などあらゆる美術品の贋作が製作されています。完成度が高く信頼が厚い。最近では美術館からの依頼も増えています。本物は倉庫に保管したまま、贋作を展示をしておくそうで」

ドアが開き、男性が入ってきた。七十代なかばといったところか。ヘッドルーペを塡《は》め、絵具に汚れたつなぎの作業着に身を包んでいた。

「お疲れ様です。完成しましたか」

ダー子が話しかけても、男性は返事もしなければ、にこりともせず、テーブルまで辿り着くと、右手に持った彫刻らしきものをドカンと音をたてて置いた。『踊るビーナス』だ。これまでの話の流れから当然、贋作にちがいない。

「いつもながら見事な出来映え。感服いたします」

ダー子が重ねて言う。これまた男性は聞いておらず、五十嵐にむかって、右手を突きだした。

「だ、代金ですね」

五十嵐は慌てて背広の内側から分厚い封筒をだす。それを男性は奪うように取り、中身をのぞくと作業着のポケットにねじこんで、部屋をでていってしまった。ダー子が手を伸ばし、『踊るビーナス』を摑んで、自分のほうに引き寄せる。そして今回の計画について、説明をはじめた。

一言で言えば本物と贋作をすり替えるだけの、極めてシンプルな手段だ。だが気がかりな点がふたつあった。ひとつは麗奈という民間人を、危険な目にあわせることだ。本人が協力すると申しでているとは言え、いかがなものかと思う。しかしダー子によれば、麗奈には常にボディガードが付いているので、心配には及ばないという。

もう一点、今回の計画が成功を収めるためには、あるひとりの人物にすべてかかっているのだが、本人はそれをまるで知らないことだった。ダー子の計画どおりに動いてくれるかどうか、まるで保証がないのである。それについて指摘すると、ダー子はこう言った。

「私がモデルのドラマはご覧いただけました？」

「ええ」

「本物の彼は、あのドラマのまんまのキャラなんです。彼ならば、我々の期待どおり、あるいはそれ以上の活躍をしてくれると思いません？」

# X　ボクちゃん（五日目）

やっぱり重いな。

ボクちゃんがいま構えている、レイピアという西洋剣のことだ。刃渡りは一メートルほど、その幅は二・五センチと細身である。斬ることよりも突くことが主体だからだろう。ただし場合によっては刃による押し切りなどもあったそうだ。実際の戦場よりも騎士や貴族の護身、あるいは決闘に用いられることが多かったという。

手の甲を上にして、ポンメルという柄に刃をネジ留めするナットの部分を、手首で下から押しあげるようにして持つ。柄には指環があり、そこに人差し指と中指を入れて、V字で握る。カタチとしては銃の引き金に指をかけている状態に近い。ヒルトと呼ばれる、日本刀で言えば鍔《つば》の部分は、複雑な曲線に加工され、装飾品としても通用する凝った造りになっていた。中世ではその芸術性と技術が競われ、社会的地位や財力を表わすものだったそうだ。実際、いまでも美術品として高値で取引されることもあるらしい、といったことは先日、持ち主のゴンザレスにレクチャーを受けたばかりだ。

さらに聞くところによれば、この鍔の曲線部分に相手の剣先を通させて、からめとる技もあるらしい。刀身は幅二・五センチしかないため、力の加減次第では、折ることもできるそうだ。構造としてはできなくはない。しかしよほど卓越した技の持ち主でないかぎり無理だろう。

いま使っているレイピアは本物ではない。中世の現物に限りなく近い模造品だ。ただし重さは当時とおなじで、優に一キロを超えていた。ちなみにフェンシングに使う剣は種目によってちがうものの、いちばん重くて七百七十グラム、軽いのは五百グラム以下だ。ゴンザレスによれば、日本刀もほぼおなじ一キロほどだというが、両手で持つからまだいい。レイピアは片手で剣先を水平に保たなければならないのだ。しかも身にまとった騎士団の衣装ときたら、上は袖にヒラヒラが付いた長袖、下は長ズボンにブーツと、通気性がほぼ皆無のため、瞬く間に汗をかくし、動きづらかった。正直、シンドイ。この恰好で、さらに甲冑をつけて戦っていたのだから、中世の騎士はたいしたものだと、感心してしまう。

などと考えている場合ではなかった。ボクちゃん目がけて、レイピアの切っ先がむかってくる。右肩に当たりかけたところを、左にステップを踏み、どうにか逃れることができた。

危ない危ない。

「だいじょうぶか」

相手が英語で訊ねてきた。水球チームのキャプテンだ。

「だ、だいじょうぶです」

ボクちゃんはそう答え、右手に握るレイピアを突きだす。これをキャプテンが踊るようにひらりと避けていく。

夜の帳《とばり》がすっかり下りた頃、マルタ騎士団の衣装に着替え、水球チームのメンバーとともに聖エルモ砦を出発し、ノッテ・ビアンカをむかえ、大いに盛り上がるヴァレッタ市内を練り歩いてきた。灯りが点いた電飾に彩られた町中は至るところから、音楽が聞こえてきていた。広場や路地裏でイベントがはじまっていたのだ。メインストリートのリパブリック通りともなると、昼間でも観光客で賑わっているが、さらに倍以上の人出だった。行き交うひとびとは顔を上気させ、浮かれ騒ぎ、だれしもが騎士団に手を振り、声をかけ、握手を求めてきた。いっしょに写真を撮りたいとねだるひともいて、自分がスターになった気分を味わうことができた。

シティゲートに到着すると、すぐさま軍事演習の再現を披露した。行進からはじまり、すべて滞りなく進んでいき、そして遂にボクちゃんの出番となった。レイピアの模擬試合だ。

ボクちゃんが一歩前にでれば、キャプテンが一歩下がり、キャプテンが一歩前にでれば、ボクちゃんは一歩下がる。まさしく一進一退の戦いだ。昨日、みっちり練習した成果が発揮できていると言っていいだろう。まわりにはけっこうな人集《ひとだか》りができており、ほぼ半数がスマホを戦うふたりにむけていた。

いよいよクライマックスだ。激しく剣を交える音があたりに響き渡る。もちろんこれも昨日、練習した殺陣ではあるが、お互い力が入り、スピードも速まっていく。そしてラスト、互いの喉元に剣先を突き当て、ピタリと動きを止めた。ふたりはむきあったままレイピアを下ろし、鞘に収める。途端に拍手喝采だ。いままで生きてきて、これほど大勢のひとから賞讃を浴びたことはなく、ボクちゃんは少なからず感激してしまった。キャプテンともども帽子を取って、四方にお辞儀をしてから、むきあって握手をする。

「見事だった」

「ありがとうございます」

無事、役目を果たすことができた。

だが今夜はこれからが本番だ。

人生を賭けた真剣勝負に挑まねばならない。

「ブラボー、ブラボー」

軍事演習の再現をすべておえ、水球チームのメンバーと別れたあとだ。手を叩きながら、ダー子が近づいてくるのを見て、ボクちゃんはギョッとした。自衛隊の制服に身を包んだ彼女は五十嵐を従え、さらに真梨邑と丹波までいっしょだった。

この四人がここにいても、おかしくはない。これから麗奈が、ダンス教室のメンバーとコンテンポラリー・ダンスを披露するのだ。つまり彼女の護衛である。ゴンザレスは自宅で留守番しており、なにかあったときの連絡係として、真梨邑の部下がいっしょにいるらしい。

おなじシティゲートにあるトリトン噴水の手前で、麗奈を含めたダンス教室のメンバーが円陣を組んでいるのが見える。そのまわりにひとが集まりはじめてもいた。

「麗奈さんから聞きましたよ。あれだけの立ち回りを半日でマスターできてしまうなんて、たいしたもんだ」

丹波が褒め讃えてくれた。どうやら本気で感心しているようだ。ボクちゃんは「ありがとうございます」と礼を言う。

「美術商とおっしゃっていましたが、なにか裏の顔をお持ちなのではありませんか」

真梨邑が含みのある言い方をする。胸の内の動揺を隠すため、ボクちゃんはうっすら笑って言い返した。

「ご冗談を。ぼくが四代目ツチノコだとでもおっしゃりたいのですか」

「一昨日、富田林さんのポケットにあったツチノコのカードは、あなたが入れたのかもしれない」

「それを言ったら、真梨邑さんにだって、そのチャンスはあったんじゃありませんか？」

ダー子にからかうように言われ、真梨邑はほんの一瞬、顔を強張らせたが、すぐにまた冷徹な表情に戻った。

「おっしゃるとおりだ。どんな可能性だってゼロではありませんからね」

「なにを言っとるんですか、真梨邑さん。真顔で冗談はやめてください」丹波は苦笑交じりで言う。「ツチノコを捕まえにきたあなたが、ツチノコのはずないでしょう。莫迦莫迦しい。探偵が犯人だなんて、そんな使い古されたトリック、いまどき流りませんって」

　すると突然、ショパンの『英雄ポロネーズ』が聞こえてきた。その曲にあわせ、麗奈達が踊りだすのが見える。ボクちゃん達は慌てて、トリトン噴水のほうへ小走りでむかう。そのあいだ、ダー子が話しかけてきた。

「麗奈さんを守るにはふさわしい恰好ね」

　ボクちゃんはマルタ騎士団に扮したままだったのだ。

「仕方がないだろ。着替えている暇も場所もないんだから」

「せいぜい頑張りなさいな。でも本来の目的を忘れないようにね」

「わかってるって。きみのほうこそどうなんだ?」

「七割方はウマくいっているわ。細工は流々、仕上げをご覧《ろう》じろってところかしらね」

「勝手にほざいてろ」

　仲間として働きながらも、子どもの頃からダー子には散々な目にあわされてきた。だが今回はちがう。今度ばかりは負けられない。ツチノコであろうとなかろうと、リチャードにだって勝つ自信はじゅうぶんあった。

すでに王手をかけている。

今夜で勝負を決めてやるんだ。


「コンテンポラリー・ダンスというから、身体を真っ白に塗りたくって、妙な動きをするヤツかと思っていたんですが」

「それは暗黒舞踏《あんこくぶとう》でしょ」

丹波にむかって、真梨邑がすかさずツッコんだ。ボクちゃんも、なにやら難しげで、わけのわからない踊りを想像していたが、まるでちがった。二十人ほどの男女が、白のタンクトップにスパッツという、お揃いのシンプルないでたちで、『英雄ポロネーズ』にあわせて飛んだり跳ねたりしている。クラシックバレエとヒップホップダンスが融合したかのようで、その躍動感たるや、目を見張るものがあった。麗奈はいちばん小柄だが、だれよりも動きにキレがあり、栃木弁をしゃべる彼女とおなじひとに見えない。瞬く間に客が増えていき、その中に騎士団に仮装したひとが数人混じっていた。水球チームのメンバーであれば、顔は見えずとも超マッチョな身体つきでわかるのだが、どうやらちがうようだ。別の場所で、騎士団に扮した催しがおこなわれていたのかもしれない。だが怪傑ゾロよろしく、顔の上半分を黒いマスクで隠しているのが気になった。

ショパンの『英雄ポロネーズ』がおわると、曲が変わった。おなじ英雄でもクラシックではなく、ロックだ。

「おぉ」丹波が声をあげる。「ボニー・タイラーの『Holding Out for a Hero』ですね。私、この曲好きなんですよ」

「私もです」同意したのは五十嵐だ。「でもまあ、聞いていたのは麻倉未稀《あさくらみき》の日本語カバーですけどね。主題歌のドラマを毎週かかさず見ていました」

「私は日本語の歌詞のほうが好きですね」

だれにともなくダー子が言う。

「英語と日本語で、歌詞ちがうんですか」丹波が興味深そうに訊ねる。

「いまかかっている本家本元の『ヒーロー』は、私にはヘラクレスやスーパーマンみたいなヒーローが必要なの、どこかにきっといるはずだわって歌詞なんですよ。でも日本語カバーは」

「自分の中にいるヒーローを起こすんだって、唄っていましたな」自分で言いつつ、丹波はひとり頷く。「まるきり反対だ」

「まさに私はそこに共感するんですよね」ダー子が言った。「ヒーローの助けなんか待っていられない。フィクションのヒーローならば、ピンチに必ず駆けつけてくれます。でも現実はちがう。だとしたら自分の中のヒーローこそがいちばんの頼りだとは思いませんか」

おまえにとって英雄とはなんだ？

ボクちゃんは三代目ツチノコが投げかけてきた質問を思いだす。ダー子は、自分の中のヒーローを頼りにしているからこそ、どんな困難も軽やかに乗り越えてきたのだろう。だとしたら他人の善意にすがろうとする自分が勝てるはずがない。

いや、今回はちがう。ぼくだって自分の中にいるヒーローを起こしてみせるさ。

『Holding Out for a Hero』が終盤を迎えようとしている。ボニー・タイラーがしつこいくらい、私はヒーローが欲しいのと唄いつづける中、なんの前触れもなく、麗奈がばたりと倒れた。演出ではない証拠に、他のメンバーは動きを止め、悲鳴に近い声をあげるひともいる。そんな中、ボクちゃんはだれよりも早く駆け寄っていき、麗奈を抱きあげた。

「だいじげ？　しっかりしろっぺ」

話しかけても麗奈から返事はない。ほんとに心臓の調子が悪くなって倒れたのだとしたら、とボクちゃんは少なからず焦った。だが彼女が薄目で自分を見ているのに気づく。

よし、計画どおりだ。

「どうした」「なにがあった」と口々に言いながら、真梨邑と丹波、ダー子に五十嵐まで近寄ってきた。

「心臓が悪いと、麗奈さん本人から聞いたことがあります」ボクちゃんは言った。「ふだんは薬で抑えていて、ダンスを踊ってもだいじょうぶとはおっしゃっていたのですが、緊張していたせいもあって、だいぶ負担がかかっていたのではないかと」

「救急車を呼ぼうか」と丹波はすでにスマホをだしていた。「何番にかければいい？」

「そこまでする必要はありません」擦れた声で麗奈が言う。「家に帰って一晩眠れば回復します」

「とは言っても、お祭りで交通規制もしておりますからなぁ」丹波が眉間に皺を寄せる。「タクシーでお送りするというわけにはいきません」

「ぼくがおぶって、自宅までお送りしましょう」

すかさずボクちゃんは申し出た。これまた計画どおりである。

「ここからだとふだんでも徒歩で十分以上、この人混みだと、さらに時間がかかりますよ」

真梨邑が言った。しかしとても心配しているようには聞こえない。なおかつ彼は疑いの目でボクちゃんを見ていた。

「そのくらい、どうってことありませんが、よろしければ真梨邑さん、いっしょにきて、途中で彼女をおぶるのを交替してもらえませんか」

「なんにせよ麗奈さんの護衛はしなければならないんですからね。みんなでいきましょう」

ダー子が言った。予想通りの展開である。

問題はここからだった。麗奈をおぶって歩いているあいだに、四人を巻いて逃げ果せなければならない。苦肉の策である。しかし人出は夜になるに連れて増していき、至る所でイベントがおこなわれ、道は出店で埋め尽くされている。できなくはない。

いや、ぜったいやり遂げるのだ。

〈真梨邑達を巻いたあと、四代目ツチノコの襲撃にあい、きみがさらわれたことにするんだ〉

ヴァレッタ・フード・マーケットの地下一階で、麗奈とＬＩＮＥのアドレスを交換したのは、ブラジオリをつくる動画を送ってもらうためでは、もちろんない。

昨夜遅く、ボクちゃんは自らの計画について、麗奈とＬＩＮＥで事細かにやりとりを交わしたのだが、彼女は思った以上に乗り気だった。シティゲートから、どの道を通っていけば、四人を巻くことができるか、提案してくるほどだった。

〈明朝、グランド・ハーバーで落ちあい、午前六時半のフェリーでシチリアにむかおう。きみには一晩、市内のどこかに身を隠してもらいでぇ。可能だっぺが？〉

〈わがった。ノッテ・ビアンカだからなんとかなるべ〉

〈フェリーは国際航路だからパスポートが必要だ。ここではひとまず、きみ自身のを使うしがねぇ。飛行機でローマに着いたら、贋パスポートをつくる〉

ローマに滞在する仔猫に、メールで手配を頼んでおいてあるのだ。

〈そしてローマからシンガポールへいく〉

〈弟と妹は?〉

〈ミシェル・フウが使いの者をむかわせ、シンガポールにつれてきてもらう。三日後には家族三人、水入らずだよ〉

〈贋パスポートがつくれちゃうなんて、いよいよもって沼田さんは、ただの美術商でねぇな。でも栃木の人間に悪いひとはいねぇがら信じるよ〉

詐欺師なのだから、じゅうぶん悪いひとだ。そもそも栃木の人間でもないのだが、ここまできたら、嘘を突き通すべきだろう。

〈肝心の『踊るビーナス』はどう?〉

ボクちゃんが訊ねると、麗奈から写真が送られてきた。『踊るビーナス』に間違いない。すでに金庫からだしていたのだ。

〈明日の日中に持ちだして、町のどこかに隠しておぐっぺ〉

〈どこかってどこ?〉

〈ナイショだべ。沼田さんのことは信じてるよ。でも万が一ってことはあっからね。グランド・ハーバーには持ってくから安心して〉

「なんだ、あれ?」「蛇?」「蛇にしては身体が太いだろ」「なにかの宣伝?」「それにしちゃ気味悪くね？」「なんか『ヴェノム』っぽくない？」

しゃがんだ状態で麗奈に背をむけ、おんぶをしようとしたときだ。まわりのみんなが空を仰ぎ見て、スマホを構えてもいる。

「大変だ、真梨邑さんっ。あれをっ」

丹波が指差す方向に、真梨邑だけでなく、ダー子と五十嵐、そしてボクちゃんも視線をむけた。バットマンに事件を報せるため、ゴッサムシティの警察が夜空にコウモリを象ったサーチライトを照らす、いわゆるバットシグナルというものがある。いまヴァレッタの町の空に浮かんでいるのはツチノコだ。先日、五十嵐のポケットに入っていたカードに印刷されたのと、まるきりおなじ絵柄だった。

「いったいなにが起きているんだ？」

真梨邑が上擦った声で言う。彼にとっても予想外の出来事だったのか、取り乱しているようにさえ見える。ボクちゃんも似たようなものだった。呆気にとられ、自分がなにをすべきかを忘れかけていた。それがまずかった。背後で悲鳴があがるのが聞こえ、慌てて振り返り、ボクちゃんは息を呑んだ。騎士団の衣装を身にまとい、顔半分をマスクで隠した男が、麗奈を軽々と肩に担ぎ、連れさろうとしていたのだ。

「待て、こらっ」

そう叫ぶと丹波が、麗奈を担いだ男に摑みかかるというより、食らいつこうとした。さすが野良犬だ。しかしそこへおなじく騎士団の衣装でマスクをした男が割って入ってきた。丹波とむきあい、その中袖を左右どちらもぐっと掴んで、身体を前に傾ける。

「なんだ、貴様」と丹波が言っているうちに、男は右足をあげて、丹波のヘソのあたりにつけ、左へ腰から転がっていく。丹波は男の上になったのも束の間、「うわぁあぁぁああ」という悲鳴とともに、左横へと放り投げられてしまった。

「なにをちょこざいなっ」ダー子が時代がかった台詞を吐いた。「富田林さん。いまこそ柔道空手合気道太極拳テコンドースポーツチャンバラあわせて八段の腕前を披露するときですよっ」

「あわせて十二段です」と訂正してから、富田林こと五十嵐が騎士団の男とむきあう。そして「アチャァァアァァア」と奇声をあげたのも束の間、顔面に一発、ストレートパンチを食らい、呆気なくKOされてしまう。

途端に周囲から爆笑と拍手が沸き起こった。どうやら丹波や五十嵐が騎士団にやられていくのを見て、イベントのひとつと勘違いしているようだ。それもやむを得ない。丹波はまだしも五十嵐のやられ方ときたら、昭和のコントそのものだったからだ。

野次馬達のむこう、麗奈を担いだ男が旧市街へむかっているのが見えた。このままだと人混みに紛れて見失ってしまうのも時間の問題だろう。

なんということだ。先手を打つつもりが、ツチノコにしてやられてしまった。ボクちゃんは自らの計画が音を立てて崩れていくのを感じていた。夜空に浮かぶツチノコが嘲笑っているようにしか見えない。いや、諦めるのはまだ早い。なによりもまず麗奈を救わねば。でもどうやって？

するとと騎士団に扮した男が、腰に吊るしたレイピアを鞘からだし、その剣先をボクちゃんにむけた。まわりを取り巻く観衆が口笛を吹き、手を叩き、足を踏み鳴らす。勝負を受けて立てとボクちゃんをけしかけているのだ。

「ここはぼくに任せて、麗奈さんを助けてもらえませんか」

ボクちゃんもレイピアを鞘から抜く。

「だいじょうぶなの？」ダー子が訊ねてきた。佃一佐ではない、素の彼女だった。

「なんとかやってみる」ボクちゃんも美術商の沼田ではない、素の自分で答えた。

「いきましょう、佃一佐っ」

そう言って真梨邑が人混みをかき分け、走りだした。ダー子もそのあとを追っていく。

ふたりとも背筋を伸ばした姿勢で、レイピアをまっすぐ前に突きだし、距離を保ったまま、時計回りに動いていく。

ボクちゃんは真正面に立つ男を改めて見た。背恰好は自分とほぼ変わらない。ただ相手のほうが細身でスラッとしている。しかも顔の上半分がマスクで隠れていながらも、整った綺麗な顔立ちであることはわかった。長い睫毛に二重瞼の目をカッと見開き、射貫くような視線でボクちゃんを見ている。その眼力に気圧されぬよう睨み返す。

待てよ。この男、だれかに似ているぞ。

だがそのだれかをボクちゃんが思いだす間もなく、相手は攻撃を仕掛けてきた。姿勢を低くするなり素早く前にでて、下から突いてきたのだ。どうにか払いのけ、一歩後ずさる。万事休すだ。そのままいけば鳩尾《みぞおち》を突かれていただろう。しかし相手は容赦ない。一直線の強烈な突きを何本も重ねてきた。無造作と言っていいくらいである。

まっすぐ剣を前に伸ばす構えは単純だが、意外と攻めにくい。正面から踏みこんだら、こちらが串刺しになるのがオチだ。できれば剣の外側から回りこんで攻めたいところだが、その余裕はない。いまのところ、ただひたすら剣を払いのけるので精一杯だ。どうにかして形勢逆転したいのだが、イイ手が思い浮かばない。すると相手は攻撃の手を休め、スッと引いていった。それだけではない。

「どうした、ボクちゃんっ」

日本語で話しかけてきた。

なぜ、ぼくの名を？

「もっと私を楽しませてくれよ。いくらなんでも物足りないぞ」

その声にボクちゃんは聞き覚えがあった。

「あ、あなたはジェシー？」一時期、ダー子と組んで仕事をしたことがある天才恋愛詐欺師だ。「危険を察知し、身を隠していたはずでは？」

それには答えず、代わりにジェシーはこう言った。

「今回、私の出番は少ないんでね。見せ場をつくってくれなければ困るんだよ」

ジェシーは笑っていた。この笑顔で女性を虜にするだけではなく、身も心も玩《もてあそ》び、さらには大金を巻きあげてきたのだ。

「サムライ・ボーイッ、ファイトッ」

昨日、イムディーナへむかうバスの中で、話しかけてきた女性だろうか。すると他のひと達からも「サムライ・ボーイッ」「サムライ・ボーイッ」「サムライ・ボーイッ」とつぎからつぎへと声があがる。次第に声が揃っていき、さらには足をドンドンと踏み鳴らしながら、「サムライ・ボーイッ」と言ってからパンと手を叩く。まるでクイーンの『We Will Rock You』だ。ボクちゃんの脳内ではその曲が流れだし、歓声が高まるにつれ、士気も昂揚していった。

この声援になんとしても応えねば。

ボクちゃんは深く踏みこみ、剣をまっすぐ突きだす。何度か繰り返したものの、ジェシーにはひらりひらりひらと、ダンスを踊るかのようにかわされてしまう。これでは体力を消耗するばかりだ。なにしろレイピアは一キロ以上あるのだ。実際、ボクちゃんの息は切れてきた。

「もう限界か。情けないね、ボクちゃん」ジェシーが嘲笑うように言った。「ダー子さんを守るには引退しかないんだよなんて、よく言えたものさ」

ボクちゃんはハッとした。いまの台詞はリチャードに言ったことである。ジェシーは彼から聞いたにちがいない。

「サムライ・ボーイッ」ドンドン、パンッ。「サムライ・ボーイッ」ドンドン、パンッ。「サムライ・ボーイッ」ドンドン、パンッ。

ボクちゃんはレイピアを縦に構えた。当然ながら顔から下はがら空きになる。ジェシーからすれば突き放題だ。しかしなにかあると、さすがに気づいたのだろう。なかなか攻めてこようとしない。

たしかに策はあった。ただし成功する確率はゼロに近い。一か八かの大勝負だ。しくじれば命にかかわるほどだ。だがいまはこれしか手段が思いつかなかった。ここはひとつ、挑発してみるか。

「ダー子に振られた男が、なに言ってやがる」

「莫迦を言え」想像以上に効果があった。「振られたんじゃない、私が振ったんだ」

そう言いながら、ジェシーが剣を突いてきた。その剣先をボクちゃんは目で追う。恐れず平常心を保てば不可能ではない。それに剣道とはちがい、攻撃は突きのみで、剣先の軌道は単純だ。ジェシーはふたたび低い位置から鳩尾を狙ってきた。ボクちゃんは前屈みになって、縦に構えたレイピアをすかさず下げる。するとその鍔の曲線部分に、ジェシーが突きだすレイピアの剣先がするりと通った。

よっしゃっ。

ボクちゃんはこの機を逃すまいと右腕をぐいと捻り、そのまま地面にむかって力任せに下げた。ぱきんと音が鳴る。ゴンザレスの言うとおり、刀身が折れたのだ。ここまでウマくいくとは思っていなかった。

観衆から大歓声が起こった。これに応えようと、前屈みだったボクちゃんは背筋を伸ばそうとする。そのときだ。ジェシーが右脚を大きくあげたのが見えたとほぼ同時に、後頭部に激痛が走った。踵落としを食らったのだと気づいたものの、意識は遠ざかっていき、視界は真っ暗闇となった。

## XI 俺（五〜六日目）

「インターポールに日本の警察に大使館、雁首揃《がんくび》えてなにやっていたんだっ」

ゴンザレスの切れ方は半端ではなかった。さらに罵詈雑言を重ねる彼の顔は赤黒くなり、口角からは唾の泡が噴きでている。アロハシャツのボタンを全開にしているため、胸毛に覆い尽くされた胸に、せりでた腹、そしてコルセットを填めた腰が丸見えだった。

ここはゴンザレス宅のリビングだ。俺と丹波の他にリカルド、日本国大使館の防衛駐在官、海上自衛隊佃一佐に扮したダー子、おなじく警備対策官の富田林に扮した五十嵐、そして美術商の沼田誠之助にバケたボクちゃんもいた。

三人の正体を暴いてはいない。いま、そんなことをしたところで意味はないからだ。ただし俺は胸の内で、三人を詐欺師としての通称で呼ぶようになっていた。そのほうがしっくりくるからだ。

「お怒りはごもっともです、ゴンザレスさん」ダー子は平身低頭の状態のまま、お伺いを立てるように言った。「それであの、麗奈さんのアドレスから送られてきたメールと写真をお見せ願えませんか」

俺とダー子は、シティゲートを過ぎて旧市街に入ったところで、麗奈をさらった男を見失ってしまった。逃げ足が速いうえに、人混みをじょうずにすり抜け、路地裏に消えていき、まるで追いつけなかったのである。

俺としてはむしろ計画どおりだった。しかしダー子に手分けして捜しましょうと言われ、嫌だと断るわけにもいかない。しばらくノッテ・ビアンカで盛り上がる町中をブラついていると、リカルドからスマホにＬＩＮＥが届いた。ゴンザレスの許に、四代目ツチノコからメールが送られてきたというので、彼の邸宅を訪れたのだ。

〈明日午前七時、グランド・ハーバーの水上タクシー乗り場に『踊るビーナス』を持って訪れよ。　四代目ツチノコ〉

ゴンザレスがテーブルに置いたスマホの画面に、麗奈がいた。薄暗い部屋で、椅子に捕縛され、ぐったりとしている。

「水上タクシー乗り場というのはどこに？」

「アッパー・バラッカ・ガーデンのほうですよ」ダー子の問いに俺が答えた。「水上タクシーといっても、ダイシャといって、マルタ伝統の木造ボートです。漕ぎ手がひとりいて、手漕ぎでグランド・ハーバーを往来していましてね。対岸にあるスリーシティズに二ユーロで渡れます」

「麗奈は心臓が悪いんだ」ゴンザレスは深い溜息をつきながら言った。「すぐに薬を飲めば治まるが、ダンスの途中で倒れ、そのままさらわれたとなると、下手したら狭心症《きょうしんしょう》や心筋梗塞《しんきんこうそく》を引き起こし、命にかかわることになるかもしれん」

「申し訳ありません」

突然、ボクちゃんが深々と頭を下げた。騎士団の恰好のままである。トリトン噴水の前で剣戟を繰り広げ、勝利を収めながらも、最後の最後、相手に踵落としを食らって気絶したそうだ。そのときには丹波と五十嵐は意識を取り戻しており、ふたりしてボクちゃんを介抱している最中に、リカルドのＬＩＮＥがきたらしい。

「きみにはなんの責任もないだろ。どうして謝る？」

ゴンザレスの疑問はもっともだ。

「いや、ですがぼくもあの場にいたわけですし、麗奈さんを守ることができたはずなわけで」

「麗奈さんがさらわれたのは、我々の落ち度でありました。心からお詫び致します」

英語がわからない丹波でも、俺が詫びているのに気づいたらしい。俺といっしょに頭を下げた。「ただし、いま一度チャンスをいただきたい。必ずやツチノコを捕まえ、麗奈さんを救いだして見せます」

「当然だ。これで麗奈にもしものことがあったら、ハラキリどころではすまんぞ」

そう言うとゴンザレスはぎらつく目で、俺達をひとりずつ睨みつけた。もともとこの男はスペインのマフィアなのだ。引退したとはいえ、その頃の繋がりはまだあるにちがいない。殺し屋を雇って仕向けるくらいのことはするだろう。俺とてその程度でビビりはしないものの、厄介事が増えるのは御免蒙《こうむ》る。ここはひとつ、おとなしく従っておこう。

「となれば『踊るビーナス』が必要だな」

ゴンザレスが腰を押さえながら、椅子から立ち上がった。そして壁にかかった『トランプ詐欺師』に近づく。

「待ってください」

ボクちゃんが叫んだ。その声量の大きさにだれよりも本人が驚いたようだった。

「なんだね？」ゴンザレスは訝しげな顔をする。

「ほ、本物を使わず、ダミーにしたらどうかと」

「以前、佃一佐からその話がでたときに言ったでしょう」俺はボクちゃんの言葉を遮った。「どんなに精巧なダミーをつくったところで、ツチノコにバレたらオシマイだ」

「おっしゃるとおり」ダー子が俺に同意する。「真梨邑捜査官からご指摘いただき、もしもの場合を考え、改善案をお持ちしておりました。こちらをご覧下さい」

ダー子の言葉を受け、五十嵐がスーツの内ポケットから、薄っぺらい円盤状のモノをとりだした。

「最新式の超薄型GPSが内蔵したこのシールを、『踊るビーナス』の台座の底に貼り付けておくのです。表面の肌あいは、『踊るビーナス』と寸分違わぬ出来にしてありますので、バレることはほぼありません。たとえバレたとしても、そのときにはもう、我々が相手の許に辿り着いています」

「なんだってかまわん。俺は麗奈が戻ってきてくれさえすればいい」

そう言ってから、ゴンザレスは『トランプ詐欺師』を壁から外し、虹彩認証で金庫の扉を開けると、中から『踊るビーナス』を取りだした。

「それって本物ですか」ボクちゃんが目をぱちくりさせながら言う。その声は擦れてもいた。

「正真正銘の本物に決まっているだろ」ゴンザレスは眉間に皺を寄せた。「妙なことを言わんでくれ。それともなにか疑わしい点でもあるのか」

「い、いえ。なにも」

ボクちゃんはおとなしく引き下がったものの、腑に落ちない表情のままでいた。


明日の朝、揃ってグランド・ハーバーの水上タクシー乗り場へむかうため、ゴンザレス宅に泊まることになり、ひとり一部屋が与えられた。ベッドに就いて小一時間経つが、俺は寝付けずにいた。できればザ・マッカランの十二年ものでも呑んでリラックスしたいところだ。しかし今夜はノッテ・ビアンカだ。ヴァレッタ市内はどこも大騒ぎで、落ち着いて酒を呑める場所などないだろう。

するとと部屋の外で足音を忍ばせ、近づいてくる何者かがいるのに気づいた。俺は枕の下から銃を取りだす。そしてドアの横に立ち、息をひそめる。ゆっくりとドアが開き、人影が見えた。すかさず俺は銃を突きつけた。

「やっぱり007愛用のワルサーPPK／Sだったんですね」

俺が構える銃を見ながら人影が言う。

丹波だった。

「なにか用ですか」

「ちょっと相談したいことがありまして。表にでて話しませんか」


ゴンザレスの家をでて、俺と丹波は町中を歩きながら話すことにした。ここは市街の外れで、ほぼ人通りはないものの、祭りの喧噪は聞こえてくる。まだまだこれからが最高潮にちがいない。

「これをご覧ください」

丹波が差しだすスマホの画面を見て、ヴァレッタ市内の地図だと、俺はすぐに気づいた。ただしその上には子どものラクガキのような青い線が引かれている。

「フレディの移動履歴です」

リチャードこと四代目ツチノコが雇い、フレディと名付けられた、フェンシングが得意でドローンの空撮をユーチューブにアップしている留学生、そのじつ公益財団『あかぼし』のマルタ共和国支部で働く、赤星の部下がGPSを隠し持っているのだ。

「午後十時半から二十分以上、シティゲートに留まっているでしょう。これってつまり、私を投げ飛ばし、五十嵐を一発でKO、そしてボクちゃんと剣戟を披露した騎士団に扮した男こそがフレディだったわけですな。彼はシティゲートから旧市街のとある教会に入って、アッパー・バラッカ・ガーデンへむかった。そしていまもそこにいるようでして。いかがでしょう？　いまからいってみませんか」

アッパー・バラッカ・ガーデンはシティゲートにほど近く、展望台からはグランド・ハーバーと対岸の町、スリーシティズを一望できる公園だ。観光客ならば必ず足を運ぶ場所である。

「いや、でも丹波さん。アッパー・バラッカ・ガーデンのいったいどこに麗奈さんを監禁する場所があるというんです？」

「あるんですよ、監禁にとっておきの場所が」

なにを言いだすのだ、この男は。

「それにね、真梨邑さん。私がいまからいこうと言ったのは、アッパー・バラッカ・ガーデンではなくて」丹波はスマホの画面を指差す。「この教会のほうです」

「どうしてですか」

「フレディの移動した青い線をよくご覧になってください。妙なことに気づきませんか？」

うるせぇなと思いつつ、俺はスマホの画面を見つめる。

「あっ」

「おわかりになりましたか」

「青い線がまるで道に沿っていない」

「そうなんですよ」

フレディの軌跡を示す青い線は道に沿っていないどころか、大聖堂や博物館の中を横切って、アッパー・バラッカ・ガーデンへむかっていたのである。

「なんですか、これは？　空でも飛んでいないかぎり、こんなことはあり得ない」

「もっと現実的にお考えください。空でなければ」

丹波は上をさした人差し指を下にむける。

「地下？」

「そうです。マルタ島には騎士団が建設した巨大な地下都市が存在するという話を、真梨邑さんはご存じありませんか」

「耳にしたことはあります。でもそんなのはただの伝説に過ぎないでしょう？」

「ところが実在したんです。第二次世界大戦中、イギリス軍はマルタ島で、艦船や戦闘機による爆撃を繰り返したドイツ・イタリア軍と戦い、最後まで持ち堪えました。そのときイギリス軍は騎士団の地下都市を見つけ、その一部を修復し、利用していたのです。ヴァレッタ市内および近郊を中心に、マルタ島の至るところに、地下へ潜る装置が備え付けられ、八十年近く経ったいまでも、使用可能なのです」

「地下へ潜る装置とはいったい」

「さまざまな種類があるらしいのですが、代表的なのは教会の懺悔室でして、懺悔をする側の小部屋の壁に隠されたレバーハンドルを回すと、地下へ下がるエレベーターになっているそうで」

「そんな情報、丹波さんはどこで仕入れてきたんですか」

「月刊モーです」

俺は我が耳を疑い、恐る恐る訊ねた。

「UFOとかオバケとか、そういう記事ばかりの雑誌の？」

「魔術や都市伝説、陰謀論、超常現象、超古代文明なども扱っています。地球の謎をすべて解明するスーパー・ナチュラル・マガジン、〈More Occult World〉略してMOWです。私、小学三年生からずっと定期購読をしておりましてね。幻の地下都市特集で、マルタ島についても書いてあったのです」

「信じるも信じないもあなた次第の雑誌の記事を、信じろというのですか」

「私は信じています」丹波は真顔だ。「騎士団が建設し、イギリス軍が修復した地下道を、フレディは通ったにちがいないのです。彼だけではなく、ツチノコや麗奈さんもでしょう。いいですか、真梨邑さん。アッパー・バラッカ・ガーデンの階段を下ったところに、なにがあります？」

「さあ」

「ラスカリス戦争記念館です」

どうだと言わんばかりの勢いで丹波が言った。しかし俺としてはそれがどうしたという顔しかできなかった。

「第二次世界大戦当時のイギリス軍司令部なんですよっ。司令室や通信室、戦略室などがいまも残っていて、送受信機や作戦会議に使用した地中海の地図などが展示されています。騎士団の地下都市を発見したイギリス軍は、この司令部とマルタ島の至るところを地下通路で繋がるようにしたのだと」

「『月刊モー』に書いてあった？」

「そうです」

どうかしているると、ふだんであれば一笑に付しているところだろう。しかし地下都市云々はさておき、フレディの移動履歴を見るかぎり、地下通路の話はまるきり嘘とは言い切れない。しかもアッパー・バラッカ・ガーデンと水上タクシー乗り場は目と鼻の先と言っていい距離だった。

「今夜中に決着をつけませんか」

丹波は足を止め、決め台詞のように言った。

「教会から地下へ潜り、ツチノコの居場所を探り当て、麗奈さんを救い、ヤツを捕まえてしまいましょう。なぁに、恐るるに足りずです。ツチノコ以外の四人は即席の実行部隊、しかもそのうちのひとり、フレディは我々のスパイです。リカルドさんもいっしょにきてもらえば、じゅうぶん勝機はあります」

「落ち着いてください、犯行の完遂をもって逮捕すべきだと言いましたよね」

「でも麗奈さんは心臓が悪いんですよ。下手したら命にかかわることになるかもしれない。警察として、これ以上、民間人を危険な目にあわせることはできません。インターポールであるあなたもおなじでは」

丹波の言葉が途切れ、身体がぶるぶる震えだした。危うく落ちかけたスマホを、俺が奪うように取ると同時に、前のめりに倒れてしまう。そのうしろからあらわれたのはリカルドだった。

「なにやってるんだ、おまえは」

「ボスがお困りのようだったので、これを」リカルドは右手に持つスタンガンをかざした。「食らわしてやっただけです」

俺が困っていたのは事実である。

「だからってやりすぎだろ」

「やりすぎなもんですか。むしろ手加減したほうです。どうせこの男はもう用なしなんでしょう?」

用なしはヒドい。だが言われてみればそうだ。丹波と接触したのは、ダー子、リチャード、ボクちゃんの情報を得るためだった。

「いっそのこと始末しませんか」

冗談かと思いきや、リカルドはナイフをとりだし、横たわる丹波の喉元に突きつけようとしていた。忠実な部下ではあるが、血の気が多いのが困る。

「こんなところに死体が転がっていたら、この先の仕事に支障をきたすだろ」

「ちゃんと地中海に沈めてきますから、安心してください」

「殺すなと言っているんだ。気絶しているあいだに、口から酒を注ぎこんで、町のどこかに置いておけ。職務がありながら、祭りに浮かれ酒を呑み過ぎたことにすればいい。ぜったい殺すなよ」

「それって日本語で言うところの〈フリ〉ですか。押すな押すなと言ったら押さなくちゃいけないという」

どうしてこう、くだらない日本語ばかり覚えるのだろう。

「ちがう。フリじゃない。命令だ。俺が殺すなと言っているんだから殺すな。いいな」

不服そうな顔をしながらも、リカルドはしゃがんで、横たわる丹波を起こし、その右腕を自分の肩に回していた。

五時間後にはグランド・ハーバーの水上タクシー乗り場にいなければならない。ゴンザレスの家に戻って眠りたいところだ。しかし俺はまだ手にあった丹波のスマホの画面を見て、思い直した。

「俺も手伝おう」

俺はそう言ってから、リカルドの反対側に回り、丹波の脇の下へ自分の頭を入れた。

「やだな、ボス。フリじゃなくて命令なんでしょ？　いっしょにこなくても平気です。殺さないから安心してください」

「旧市街に確認したいところがあるんだ。ほら、いくぞ」

ノッテ・ビアンカは想像以上の盛り上がりだった。旧市街は路地裏の隅々まで、ひとで溢れ返っている。それでもどうにか人目につかない場所を見つけ、丹波をそこに置き、途中で購入したウイスキーを丸々一本、口に注ぎこんだ。立派な酔っ払いが完成である。この先、どうなろうと知ったことではない。

その場から離れてから、俺は丹波のスマホを取りだした。この数日、彼がスマホを扱う度に、その手元を盗み見ていたので、パスワードはソラで覚えている。丹波に限らず、どんな相手でも必ずする、ほぼ癖のようなものだ。こうして役立つことも少なくない。さらに画面をタップし、フレディの移動履歴をだす。

「確認したいところってどこですか」

隣からリカルドが訊ねてきた。俺は丹波に聞いた話を手短かに話した。

「そんな話、ボスは鵜呑みにしているんですか」

「するはずないだろ」

「でもいまから教会へいって確認するんですよね」

「一応だ、一応」

問題の教会はおなじ旧市街にある大聖堂などと比べたら、こぢんまりしているものの、歴史の重みを感じるバロック様式の建物だった。

「あそこにありますよ、懺悔室」

中に入るなり、リカルドが目敏く見つけた。礼拝堂の右奥だ。足早にむかい、懺悔をする側の小部屋に入る。ドアを閉めると真っ暗闇だったので、スマホの灯りを点け、壁の右上端から触れていった。

「どうです？」

壁の三分の一程度までいったところで、リカルドが表から声をかけてきた。面白がっているのが口調でわかる。俺自身も莫迦らしくなり、椅子に腰かけた。じきに三時だ。いい加減、引き揚げよう。そう思ったときだ。壁にヒビを見つけた。スマホの灯りで照らすと、横一直線で、長さは二十センチもない。椅子に座って、ちょうど手の位置あたりだ。俺はヒビの上をまず叩いてみた。つぎに下も叩く。あきらかに音がちがう。俺はヒビの下に手のひらを当て、手前に引いてみる。

開いた。

「マジか」思わず声をだしてしまう。

「どうしました、ボス？」

壁の内側から、重厚な装飾が施されたレバーハンドルがあらわれたのだ。

# XII　ボクちゃん（六日目）

グランド・ハーバーの穏やかな海面が朝陽できらめいている。対岸のヴィットリオーザの先端にそびえ立つのは聖アンジェロ砦だ。十六世紀なかば、マルタ大包囲戦で騎士団が司令塔として使い、重要な役割を果たした要塞である。マルタ騎士団の一員となったイタリア人画家カラヴァッジョが、おなじ騎士団員に暴行を働き、重傷を負わせた際に収監された牢獄があるのも、この砦だという。十九世紀初頭から二十世紀なかばまではイギリスが海軍基地として使っていたそうだ。その後、大掛かりな修復作業がおこなわれ、いまや人気の観光スポットだ。

しかしその勇壮な様を味わう余裕は、いまのボクちゃんにはなかった。当初の計画ではここ、グランド・ハーバーで麗奈と落ちあい、いまごろはシチリアにむかうフェリーに乗っているはずだった。それも『踊るビーナス』を片手にである。しかし現実は、全然ちがう展開になってしまった。

昨日、ゴンザレスが金庫を開いたときは、生きた心地がしなかった。『踊るビーナス』は麗奈が持ちだして、どこかに隠しているはずだったからだ。

ところが、あった。

なぜなのか、いくら考えてもなんの結論も得られぬまま、気づけば窓の外は白々と明るくなっていた。ほぼ完徹である。さすがに騎士団の服装ではない。ゴンザレスに借りたアロハシャツと七分丈のパンツに着替えていた。

グランド・ハーバーの水上タクシー乗り場には約束の時間の十分前に到着、そして午前七時ちょうど、ゴンザレスのスマホに〈『踊るビーナス』を持って、おまえひとりでダイシャに乗り、スリーシティズへむかえ　四代目ツチノコ〉というメールが届いた。

ゴンザレスは歩くのがやっとの状態ではあるものの、この指示に従った。そしてかれこれ五分ほどが経ち、いまや米粒ほどにしか見えない。水上タクシー乗り場ではボクちゃん、ダー子、五十嵐、真梨邑、リカルドが横一列に並んでいる。

警視庁捜査二課の丹波はいない。夜中に真梨邑とリカルドを外に呼びだすと、独自の線で四代目ツチノコを追ってみると言い残して、去ってしまったのだという。彼らの出入りする音はボクちゃんの部屋にまで聞こえてきており、真梨邑とリカルドが戻ってきたのは、午前五時前だった。

「あっ、あれっ」

日本国大使館の富田林こと五十嵐が叫んだ。どでかい双眼鏡で、ゴンザレスのほうを見ながらだ。

「ドローンですっ。ドローンが飛んできましたっ」

「どこです？」

　そう訊ねる佃一佐ことダー子の手にはタブレットがあった。『踊るビーナス』の底に貼り付けたGPSの軌跡を確認するためにちがいない。

「あそこですよ、あそこ」

「あそこではわかりません」

「いまちょうどゴンザレスさんの真上です」

　たしかにあった。徐々に高度を下げ、ゴンザレスの手が届くところで止まる。見事な操作だと、ボクちゃんはいらぬ感心をしてしまった。

「ゴンザレスさんはなにしてるの？」

　ダー子が不審げな声で、五十嵐に訊ねる。

「ケースから『踊るビーナス』をだしています」

「どうして？」

「待ってください。あっ。ドローンの下に横向きに付いた筒状の容れ物へ、『踊るビーナス』を入れました」

「なんのためにそんな真似を」

　ダー子はそこで言葉を切り、タブレットを見つめていたかと思うと、その画面をせわしくタップしだした。そのあいだにドローンはふたたび天高く舞いあがっていく。

「どうしました、佃一佐」と訊ねたのは真梨邑だ。その口ぶりはからかっているように聞こえなくもない。「そ、それがあの」ダー子は動揺を隠し切れていない。「位置を示す点が消えてしまって」

「そんな莫迦な」五十嵐が悲鳴に近い声をあげる。「いまのいままで、正常に作動していたのにどうして」

「『踊るビーナス』を移し入れた容れ物が、電波を遮断しているんでしょう」

これまた真梨邑だ。面白がっているのがありありとわかった。

「佃一佐っ。こうしてはいられません。ドローンを追いかけないと」

「おやめなさい。無駄ですよ」

走りだそうとするダー子と五十嵐を、真梨邑が引き止めた。たしかに無駄だった。ドローンは聖アンジェロ砦にむかって飛んでいる。どうあがいたところで追いかけることはできないだろう。


「今度はGPSが駄目だっただと？　ふざけんのも大概にしろっ」

ゴンザレスの切れ方は昨夜の二倍、いや、三倍以上だった。そして五十嵐の胸倉を摑んだかと思うと、前後に激しく揺さぶりだした。

「どう落とし前をつけるつもりだ？　あぁん？」

昔取った杵柄《きねづか》というべきか、元はスペインでマフィアのボスだったゴンザレスに凄まれ、五十嵐は口をパクパクさせていた。恐怖のあまり、なにか言いたくても声が発せないのだろう。額は汗でびっしょりだ。

「昔、日本の同業者に聞いた話じゃあ、しくじったときにはお詫びとして、小指を切るらしいな」そう言いながら、ゴンザレスはポケットからナイフを取りだす。「右か左、どっちの小指を切ればいいか、自分で決めさせてやる。さあ、言え。右左、どっちだっ」

「まあまあ、ゴンザレスさん」殺気立った雰囲気とはまるでそぐわない、ノンキな口調で、真梨邑が仲裁に入った。「そんなにいきり立たないで、落ち着いてください」

「これが落ち着いていられるかっ」

「説明が足りなかったのがいけませんでした」ゴンザレスに怒鳴られても、真梨邑は涼しげな顔のままだった。「こうなることは想定内だったのです」

「はぁあぁあぁ？」ゴンザレスの怒りはマックスに達したようだ。「言い訳するにも、もっとマシなのがあんだろうが。なんだ、想定内って」

「真梨邑さん。それはつまり私達がしくじるとわかっていたとでも？」

ダー子が前にでてきた。GPSが使用不可だった説明を五十嵐にさせて、自分はボクちゃんのうしろに隠れていたのだ。

「だれがツチノコでも、あれぐらいの用心はします」

「それならそうと言ってくださっても、よかったのではありませんかっ」

「指摘したとして、なにか代案がおありでしたか」

真梨邑に言い返され、ダー子は言葉を失った。唇を噛みしめ、上目遣いで真梨邑を睨むばかりだ。

「狼のあんちゃんよぉ」ゴンザレスが言った。さきほどまでの凄みはないまでも、まだ怒りは収まっていない。「するとなにか。べつの手だてがあるというのか」

「もちろんです。私には切り札があります」

「どんな切り札か、聞かせてもらおうじゃねぇか。俺が納得いかなければ、コイツの小指を切るぞ」

「待ってください」五十嵐は叫んだ。まだ胸倉をゴンザレスに摑まれたままなのだ。

「なんで私の小指なんですか」

「うるせぇ。おめえは黙ってろ」

「うぎゃあっ」ゴンザレスに弁慶の泣き所を蹴られ、五十嵐は悲鳴をあげた。気の毒だが助けようがない。

「昨日の夜、麗奈さんがさらわれたあと、追いかけようとした丹波刑事を投げ飛ばし、富田林さんを一発でKO、そして沼田さんと剣を交えた男がいたとお話ししましたよね」と真梨邑。

「それがどうした?」

「彼はフレディと言いまして、私の部下なんです」

「え？」

ボクちゃんは驚きで声をあげてしまう。

フレディ？　ぼくが剣を交えた相手は天才恋愛詐欺師のジェシーだぞ。

「フレディはGPSを隠し持っておりまして」

「どうしてそのことを私達に黙っていたんですか」

「敵を騙すにはまず味方からは鉄則ではありませんか、佃一佐」

「あなたの部下はどうやってツチノコの手下になったのですか」

ボクちゃんは訊ねた。ジェシーについてはダー子だけでなく、だれにも話していない。彼がリチャードの手下として働いているだけでも不思議だったが、そのじつ真梨邑の部下だなんて到底、信じられなかったのだ。

「それは企業秘密です。インターポールともなれば、敵方に潜入するくらい造作もないとだけ申しておきましょうか」

「おい、狼のあんちゃん」ゴンザレスは五十嵐の胸倉から手を離し、右手に持ったナイフを真梨邑の喉元に押し当てた。「あんたの部下がGPSを持っていたら、ツチノコの居場所もわかっていただろ。ならばどうして昨日の晩のうちに乗りこんで、麗奈を救わなかったんだ？」

「おっしゃるとおりです」ゴンザレスの脅しに、真梨邑はまるで動じていなかった。

「私も麗奈さんを助けにいきたかった。でも丹波刑事に止められていたんですよ。

四代目ツチノコに誘拐をやらせ、犯行の完遂をもって逮捕すべきだ、未遂で挙げても罪は軽い。すぐ出所して、またつぎの犯罪をおこなうにちがいないからと」

「だからといって民間人を危険な目にあわせるなんて、日本の警察はどうなっているんだっ」

「まったくもってそのとおり。でもご安心ください。フレディは優秀な男なので、麗奈さんにもしものことがあれば助けているはずです」

ゴンザレスは真梨邑の顔をしげしげと眺めていた。やがて喉に当てていたナイフを下ろし、一歩うしろに引き下がる。

「ここは狼のあんちゃんの言うことを信じるとしよう」

「ありがとうございます」

「で、あんたの部下はいまどこにいるんだ？」

真梨邑はスマホを取りだし、画面を幾度かタップして、ゴンザレスにむけた。

「この青い線がフレディの移動履歴です。いまはスリーシティズのセングレアにあるガーディオーラ公園にいます」

聖アンジェロ砦の右手にある、突きでた岬に立つ塔が見える。それはガーディオーラ公園の一角にある監視塔だ。その壁には監視の象徴である目と耳が彫刻されているらしい。

「私が思うにフレディは資格を持っているので、さきほどのドローンを操作しているのではないかと」

「そしたらすぐそこへ」と言ったのはダー子だ。

「あなたもわからないひとですな、佃一佐」真梨邑がせせら笑う。「フェリーでグランド・ハーバーに渡ったとしても、着いたときにはもういませんよ。ほら、あなたもご覧なさい。言っているそばから動きだしました。ドローンが着いたにちがいありません」

　ダー子だけでなく、ボクちゃんも真梨邑が持つスマホを覗きこんだ。たしかに青い線が伸びている。それとはべつに、おや？　と思ったことがあった。そのスマホは丹波のものだったのだ。だがわざわざ指摘するほどではないと思い、ボクちゃんは黙っておいた。いま肝心なのはフレディの動きだ。

　青い線はガーディオーラ公園を離れ、セングレアの市街へと入っていく。すでにあった線をなぞっている。つまりは、きた道を戻っているわけだ。やがてフレディは止まった。しばらくおなじ場所から動こうとしない。

「ここはいったい？」とゴンザレス。

「教会です」真梨邑が短く答える。

「なんで、あんたの部下は教会に留まっている？」ゴンザレスが重ねて訊ねた。「懺悔でもしているのか」

「当たらずとも遠からずです。とりあえず見ていてください」

またフレディが動きだす。さきほどとおなじく、もとあった青い線を戻っている。しかしボクちゃんは妙なことに気づいた。

「これっておかしくないですか」

「なにがです、沼田さん?」真梨邑が言う。答えがわかって訊ねているのが、表情から見て取れた。

「フレディはまるで道に沿って歩いていません。いまだって、ほら、建物の中を横切っている」

それだけではない。教会から一直線に進むと、そのまま海に入ってしまったのだ。

「こんなの、あり得ないでしょ。船に乗るために多少は時間がかかるはずです。これじゃあ飛びこんだも同然だ。第一」ボクちゃんはグランド・ハーバーに視線をむけ、聖アンジェロ砦とガーディオーラ公園の監視塔のあいだを指差す。「この軌跡が示すのは、あの辺のはずだ。でもそれらしきボートやヨットはまるで見当たらない。これはいったいどういう」

「いいところにお気づきになりました」褒めてはいる。だが真梨邑の口調はあきらかに小莫迦にしていた。「我々も移動しましょう。いまの沼田さんの質問には車中でお答えします」

「移動ってどこへ?」とダー子。

「ツチノコのアジトです」真梨邑は口角をあげる。どうすれば自分が憎々しげに見えるか、わかっている笑い方だ。「正しくはその入口ですが」

移動手段は、ゴンザレスの持ち物であるホンダの中古車だ。六人乗りのこの車で、今朝もゴンザレス宅からグランド・ハーバーへ移動した。そしていまはヴァレッタの旧市街へむかっている。ハンドルを握るのは五十嵐だ。

「騎士団が建設した巨大な地下都市？」ゴンザレスが素っ頓狂な声をあげた。「そんなヨタ話を信じているのか、狼のあんちゃん」

真梨邑の話はこうだった。その巨大な地下都市を、第二次世界大戦中にイギリス軍が発見し、一部を修復したうえ、地下通路として活用していたというのだ。しかも八十年近くたったいまは、ツチノコが使い、アジトにもしているというのだ。

「私も丹波刑事から聞いたときは、我が耳を疑いました」

「丹波さんはその情報をどこから仕入れたのでしょう？」

ダー子に訊かれ、真梨邑の目が泳いだ。だがそれはほんの一瞬で、すぐさまこう答えた。

「さる筋からとだけで、はっきりとは教えてもらえませんでした。なんにせよフレディの移動履歴を見ておわかりでしょう？　彼は道なき道を進み、建物の中を突っ切っています。いまもグランド・ハーバーを横断中です。ボートやヨットに乗ってもいないのに」

「つまりグランド・ハーバーの下に、ヴァレッタとスリーシティズを繫ぐ地下通路があると？」

自分で言いながら、ボクちゃんはなにを莫迦なことを、と思ってしまう。だが真梨邑は「そのとおりです」と深々と頷いた。「ヴァレッタ市内および近郊を中心としたマルタ島の至るところに、地下へ潜る装置が備え付けられています。たいがいは教会でして、いまからむかう先は、そのうちのひとつです。昨夜、フレディはその教会から装置で地下通路に下り、ツチノコのアジトへむかっていたのです」


その教会は、観光スポットではないものの、バロック式の立派な建物だった。真梨邑は無造作に扉を開くと、礼拝堂の中を脇目も振らずに、大股でずんずん進んでいく。ボクちゃん達はそのあとを小走りで追っていった。

「こちらです」といって真梨邑が足を止めたのは、懺悔室の前だった。

「なにがだね、狼のあんちゃん」

「あなたが懺悔でもしているのかとおっしゃったとき、当たらずとも遠からずとお答えしましたよね。まあ、見ていてください。リカルド、まずはきみが先にいってくれたまえ」

真梨邑に言われ、リカルドは懺悔をする側の小部屋に入り、椅子に腰かけ、扉を閉じた。

「さてみなさん、よろしいですか」

やけに芝居がかった口調で真梨邑は言い、十数えてから扉を開く。

リカルドが消えていた。凄いことは凄い。でもある程度の予想はついていたので、だれも驚かなかった。それが真梨邑には少し物足りなかったようだ。

「これが地下へ潜る装置というわけですか」

ダー子が確認を取るように言う。

「そうです。おつぎはどなたが」

「ぼくにいかせてください」ボクちゃんは手を挙げる。

「駄目よ、沼田さん」と止めたのはダー子だ。「いきがかり上、ここまできてもらったけど、あなたはただの美術商、民間人ですからね。この礼拝堂で待機してもらいます」

「いいえ、いかせてください。麗奈さんがさらわれたのは、やはりぼくの責任です。彼女を救う手助けをさせてください」

この言葉に嘘はない。だが一刻も早く麗奈から『踊るビーナス』の在処を聞かねばとも、ボクちゃんは考えていた。彼女が隠したほうこそが本物の『踊るビーナス』だと信じることにしたのだ。

「えらいっ」突然、背中を叩かれた。ゴンザレスだ。「さすがはサムライ・ボーイっ。俺もいっしょにいくぞ」

「ゴンザレスさんも民間人ですのでご遠慮を」

五十嵐が言うと、ゴンザレスはその胸倉をふたたび摑んだ。

「こうなったのも、元はと言えばマヌケなおまえらのせいだろうがっ。スペインじゃあ、さんざん修羅場をくぐってきたんだ。この程度どうってことねぇ」

「でもゴンザレスさん、椎間板ヘルニアが」

五十嵐は息も絶え絶えだ。さすがにかわいそうに思うが、どうしようもない。

「惚れた女を救いにいくんだ。このくらいどうってことはない」

「ふたりとも、いっしょにきていただいてかまいません」真梨邑が言った。「ただし私の指揮に必ず従ってください。これは佃一佐と富田林さんもおなじです。よろしいですね。では沼田さん、こちらへどうぞ」

小部屋に入り椅子に座ると、壁の凹んだ部分に、えらく仰々しいレバーハンドルがあった。

「私が扉を閉めたら、そのレバーを左側に九十度、回してください」

真梨邑が扉を閉じると真っ暗闇になり、すぐ近くにあったはずのレバーハンドルを手探りで探さねばならなかった。そして言われたとおりに回したところ、ギギギギギッと軋む音と共に、部屋ぜんたいがガタンと揺れ、徐々に下りていった。

「ご覧ください」

六人全員が地下に下りてからだ。真梨邑が差しだすスマホの画面にはフレディの追跡履歴があった。

「フレディはもうじきツチノコのアジトに到着します。この速さだと徒歩ではなくバイクかなにかで移動していると思われます」

「我々がアジトに着くまでどれくらいですか」とダー子。

「アッパー・バラッカ・ガーデンの下に、第二次世界大戦当時、イギリス軍司令部だったラスカリス戦争記念館というのがありましてね。ツチノコはその近くにある、もとは貯蔵庫と思しきスペースをアジトにしています。歩いて十分とかかりません。急ぐ必要はないので、足元にじゅうぶん気をつけてください」

それから真梨邑を先頭に地下通路を進むことになった。地肌がむきだしの洞窟ではなく、隙間なく石が積まれ、きれいに舗装されており、ひとひとりが通るのにじゅうぶんな広さだった。そして数メートル間隔で、ぼんやりとしたオレンジ色の淡い灯りを発する照明が床に置かれ、消灯時間後の病院の廊下みたいだった。

やがてどこからかクイーンの『We Are The Champions』が流れてきた。ただし唄っているのはフレディ・マーキュリーではない。ときどき音程を外し、英語もところどころ怪しい。しかもサビの「ウイ・アー・ザ・チャンピオンズ」を「アイ・アム・ザ・チャンピン」と唄っている。カラオケにちがいない。

この唄声ってもしかして。

「ここから先は左側の壁に貼り付いて、進んでいきましょう」

真梨邑の指示に従い、なおも進んでいく。

「嘘でしょ」

ダー子が日本語で呟いた。うっかり口からこぼれでたのだろう。その気持ちはよくわかる。通路の先に部屋らしき空間が見えた。そこで『We Are The Champions』を熱唱しているのが、だれあろう、リチャードだったのだ。

白のタンクトップにジーンズ、ご丁寧にも口髭を付け、フレディ・マーキュリーになりきっている。そして左手にマイク、右手には『踊るビーナス』が握られていた。彼の前でテーブルを囲む男達は、今回の作戦に協力した即席の仔猫にちがいない。その中にジェシーもいるはずなのだが、四人ともリチャードのほうをむき、背中しか見えなかった。

そのむこうに二人掛けのソファがある。そこに横たわっているのが、麗奈だと思うのだが、こちらもはっきりしない。

「あれがツチノコか？」だれにとでもなく、まるで自問するようにゴンザレスが囁いた。「あんなヤツに麗奈がさらわれ、『踊るビーナス』が奪われたのか」

「お静かに」と注意する真梨邑の肩が震えていた。笑いを堪えているにちがいない。リチャードにすれば、おのれの勝利を祝した讃歌なのだろう。それにしてもヒドい。ボクちゃんは自分のことのように、恥ずかしくてたまらなかった。

「真梨邑捜査官っ。さっさと突入しましょう」

ダー子が小声で催促する。彼女もまたボクちゃん同様、恥ずかしくなっていたのかもしれない。

「わかりましたっ」と短く答え、懐から銃を取りだし、駆けだす。リカルド、ダー子、五十嵐、ゴンザレス、ボクちゃんの順でついていく。

「そこまでだ、ツチノコッ」

自分の歌に酔い痴《し》れていたリチャードは、真梨邑に銃口をむけられ、動きを止めた。最後の一節は唄わず、カラオケの演奏だけが流れている。

「お、おまえは」

「インターポールのマルセル真梨邑だ。貴様の捜査の全権を任されている。まずはその手にある『踊るビーナス』を渡してもらおう」

大昔には貯蔵庫だったというその空間は、いまボクちゃん達がでてきたところの他にも、数カ所出入り口があった。そのうちのひとつに、一人乗りの電気自動車が停めてある。たぶんフレディことジェシーが対岸の町、スリーシティズから乗ってきたのだろう。リチャードは身を翻し、電気自動車にむかって駆けだす。ところが彼の行く手を阻む者がいた。

ジェシーだ。ひらりと回転したかと思うと、左足の踵でリチャードの右手首を蹴りあげた。その手に握られていた『踊るビーナス』が宙に舞い、それをジェシーはすかさず左手でキャッチする。そしてもう一回転し、おなじ左足の踵が、リチャードの右頬を直撃した。目にも留まらぬ早業とはまさにこのことだろう。

俯せに倒れ、気を失ったリチャードをリカルドが組み伏せ、手錠をかける。そして真梨邑がジェシーから『踊るビーナス』を受け取った。

「麗奈っ、麗奈っ」

ゴンザレスの叫び声が響き渡る。ソファに横たわっていたのは、やはり麗奈だったようだ。ゴンザレスは跪き、なおも彼女の名前を呼びつづけた。ボクちゃんが気になって、そばに近づこうとしたときだ。

ダー子のこめかみに、真梨邑が銃口を突きつけていた。

「どういうおつもりかしら、真梨邑捜査官」

「ツチノコ退治のついでと言ったら、お怒りになりますかね、ダー子さん」

ダー子の正体を知っている?

するとボクちゃんのこめかみにも銃口が突きつけられた。リカルドだった。

「ボクちゃんもぜひごいっしょに」と真梨邑が言う。

ぼくのことも?

目の端で五十嵐が逃げていこうとするのが見えた。でもできなかった。どの出入り口からも対テロ部隊かというほどのフル装備で銃を構えた一団が、なだれこんできたのだ。

「いったいなにがどうしてこうなっちゃったわけ？」

我慢し切れないとばかりにダー子が叫んだ。足枷《あしかせ》で拘束された両足をドンドンと踏み鳴らしてもいた。地団駄を踏むとはまさにこのことだろう。

リチャードのアジトから、インターポールに連行され乗ったエレベーターは、教会の懺悔室にあったのとはちがい、軽自動車一台は載せられるほどの大型だった。それを下りたあと、しばらく廊下を歩き、重厚な鉄扉をでると目の前は海で、対岸には今朝とおなじく聖アンジェロ砦が見えた。ツチノコのアジトが、アッパー・バラッカ・ガーデンの下にあるラスカリス戦争記念館の近くだと、真梨邑が話していたのを、ボクちゃんは思いだしたものの、それを確認する間もなく、護送車に乗せられた。ダー子にリチャード、五十嵐もだ。

窓がないので、どこをどう走っているのか、さっぱりわからない。手錠と足枷を嵌められたうえに、スマホやタブレットは没収され、外界との連絡手段はなく、時間の感覚も失われてきた。

「私達の知らないところで、ツチノコを名乗っていたばかりか、卑劣な犯行を繰り返していたなんて。失望したわ、リチャード」

ダー子に怒鳴られても、リチャードは返事をしなかった。付け髭は取れているものの、姿恰好はフレディ・マーキュリーのままだ。ジェシーに蹴飛ばされた右頬は紫色に腫れ、痛ましいくらいだ。だがボクちゃんもダー子とおなじく腹を立てており、同情する気にはならなかった。

「でもまさか、ジェシーがいるとは思ってもいなかったな」五十嵐が言った。「要するに彼はリチャードの仔猫のはずが、インターポールの手下だったわけか」

「マルタを訪れる半月ほど前、私の許で一から詐欺師の勉強をし直したいと、彼から打診があったんだ」

リチャードがぼやくように言う。

「そんなのぜったい怪しいに決まってるじゃん。なんで雇ったのよ。莫っ迦じゃないっ。まんまとしてやられていたら世話ないわ」

「ぼくらは一線を越えてしまったんだ」ボクちゃんは呟くように言った。「麗奈さんの身になにかあったら、ぼくらのせいだ」

麗奈っ、麗奈っ。ゴンザレスの叫び声が、ボクちゃんの耳の奥で甦る。

「誘拐したのはリチャードじゃん」ダー子は子どもみたいに頬を膨らませた。

「くだらない対抗心で腕比べなんかやったせいで、麗奈さんを巻き込んだのはぼくもダー子もおんなじだ」

「はいはい、わかりました。私も悪うございました。これでいい？　どうしてボクちゃんはいつも他人の心配ばかりするのさ。それよりいまは自分の心配しなよ。このままじゃ私達、牢屋ゆきなんだよ。っつうかそれより、インターポールの狼とかいう、ナルシスト野郎にしてやられたのが悔しくないわけ？」

「もういいんだ」ボクちゃんは溜息まじりに言った。

「いいってなにが？」

「このまま素直に罰を受け入れようと思う」

「ボクちゃん、正気？」と言ってダー子は自分の額をボクちゃんに押し当てた。「熱はないようね。自分でいま、なんて言ったか、わかってる？」

「わかっているさ。ぼくは正気だし本気だ」

「まさか真梨邑と裏で取引して、自分だけ罪を軽くしてもらうことになっているとか」

「ダー子さん」リチャードが咎めるように言った。「ボクちゃんは私達とおなじ罪を背負うつもりだ。そうすればダー子さんに足を洗わせるという、ボクちゃんの目的を達することができるわけだ。つまりこの腕比べは、私とダー子の負けになる」

「勝ち負けなんかどうでもいい。ダー子、子どもの頃からきみに振り回されて、いろんな冒険をして、楽しいこともいっぱいあったよ。でもぼくがほんとにしたかったことは、きみを守ることだった。きみをふつうの女の子にすることだった。結局、こんなカタチでしかできなかった。ごめん」

　最後の詫びの言葉はダー子にだけではなく、三代目ツチノコに対してもだった。彼の教えを受けておきながら、こんなお粗末な結末しか迎えられないなんて、恥ずかしいし、情けなくもあった。

「ずるいよ、そんな言い方」ダー子はボクちゃんから視線を外して俯いた。

「いっしょに罪を償おう。きれいになってやり直そう。ずっとそばにいるからさ」

「ずっと前からわかってた気がする。いつか引導を渡されるなら、ボクちゃんだって」

ダー子の言葉を聞き、ボクちゃんは目頭が熱くなってきた。涙が落ちるのを、ぐっと堪えていたところ、啜り泣く声が耳に入ってきた。ダー子ではない。五十嵐だ。さらにはオイオイと声をあげて泣きだした。

「ええ話、聞かせてもらいましたわ。こうなれば仕方ありまへん。わては身を引かせていただきます」

なんだ、そのヘンテコな関西弁は。っていうか、身を引くって。

ガタンッ。

護送車が急ブレーキをかけて止まった。表がなにやら騒々しい。あれはヘリコプターのプロペラ音ではないか。どうしてこんな間近に聞こえる？

するとうしろのドアが開いた。

## XIII　俺（六日目）

「よくもまあ、あれだけの人数を一晩で集めることができたもんだな」

護送車を運転するリカルドにむかって、俺は言った。正しくは護送車でもなんでもない。ただの二トントラックだ。日本車の中古で、コンテナには『〇〇輸送』と日本語で記されていたのを、シールでうまい具合に隠してあった。

「どうってことありません。タネを明かしますとね。マルタは映画のロケ地に使われることが多いでしょう？　ハリウッド専門の現地コーディネーターと知りあいになりまして、警官役を三十人ほど派遣してもらいたいとお願いしたら、いまちょうどハリウッド映画の撮影中だから、そのエキストラを回してあげると快諾してくれたんです。警官ではなくて対テロ部隊でしたが」

「むしろよかったさ。効果は抜群だったからな」

ハリウッド専門の現地コーディネーターとやらは女性にちがいない。どんなところでも、どんなに忙しくても、女を口説いてモノにするのがリカルドの特技なのだ。ピロートークで、こんなふうに仕事に必要なことを依頼するのも珍しくなかった。

「日本の詐欺師なんて、ボスの相手ではありませんでしたね」リカルドはケケケと笑いながら言う。「もちろんボスの才能が長けているからでしょうが、それにしたって、お粗末過ぎた。あんな三人に四千万ユーロ近くも巻き上げられるなんて、アカボシとかいうジャパニーズ・マフィアも程度が知れます。あの刑事も間抜けだった。いまごろは二日酔いで苦しんでいますよ、きっと。地元警察にしょっぴかれているかもしれない。こう考えると日本なんてろくでもない国ですな」

低レベルで退屈な国だ。とうの昔に抜けだして正解だったと今回、改めて思う。

「それより麗奈はどうした？」

「対テロ部隊のうちのふたりに頼んで、病院に運んでもらいました。まさか心臓が悪いとはね。あ、無事かどうかってことですか？　これで死なれちゃ、さすがのボスも寝覚めが悪いですか。はは。ゴンザレスに電話をして訊いてみましょうか」

「そこまでしなくてもいい」

麗奈がどうなろうと良心の呵責などかけらもない。しかしゴンザレスも『踊るビーナス』を奪われたうえに、惚れた女を失ったとなれば、なにをしでかすかわからない。

「ところでボス、うしろに乗っている三人、いや四人はぜんぶ、俺が始末していいんですよね？」

「好きにすればいい」

「ヤッホォォォォオォッ。ありがとうございますっ。ひさしぶりなんで、ワクワクしているんですよ。殺さないでくれって命乞いするんだろうなぁ。楽しみだなぁ」

嬉々とするリカルドを横目で見つつ、俺は手元にある『踊るビーナス』を愛でるように撫でた。台座の下に貼り付けてあった薄型のGPSはすでに外してある。万が一に備えてだ。冷静沈着がモットーの俺にしては珍しく、どうしても頬が緩んでニヤついてしまう。

ようこそ、当代随一の腕を持つ英雄ツチノコの許へ。俺のことを認めなかった老いぼれ、あの世から見てるかい？

最後に日本を訪ねたのは二年前のことだ。師匠である三代目ツチノコの余命がいくばくもないと聞き、彼の隠れ家に駆けつけたのだ。容態を心配したのではない。ツチノコの名前をもらうためだった。ただし以前と比べ、だいぶ憔悴していたものの、三代目はまだ自分ひとりで動くだけの気力があった。

おまえにとって英雄とはなんだ？

挨拶もそこそこに三代目が訊ねてきた。

力でしょう。圧倒的な強さ。技術、知識、才能、その抜きんでた強さに人々はひれ伏す。力が世界を制する。それが英雄です。

莫迦莫迦しい。いままで聞いた中で、いちばんくだらん答えだ。

三代目は鼻で笑い、つづけてこうも言った。

なんにせよ、おまえさんには四代目を継がせるつもりはない。

いや、でも三代目。あんたがいちばん親しくしている三人組は四代目を受け継ぐのを断ったんでしょう。だったら俺に継がせてくださいよ。詐欺師としての腕は当代随一だと自負しています。地中海一帯を牛耳る犯罪組織を束ねていたボスに取り入り、その座を騙し取ったほどですからね。

その座を利用して、えらく汚い手で美術品を手に入れているそうじゃないか。なに言ってるんですか。犯罪にキレイも汚いもないでしょう。いいですか、三代目。ダニエル・クレイグがジェームズ・ボンドを引き継ぐときも、チビで金髪、しかも耳がデカいボンドなんてあり得ないとネットで散々叩かれた。でも彼はボンドを見事に演じきりました。俺だってツチノコを受け継げば英雄として。

ツチノコは英雄などではない。そもそもみんなが言うほど大したものではないのだ。おまえさんの魂胆は見え透いている。ツチノコの名前をつかって、好き放題やるつもりだろう。そうはさせん。帰ってくれ。金輪際、私の前に顔をだすな。

おい、クソジジイ。こっちが甘い顔してりゃイイ気になりやがって。ふざけんなよ。わざわざ地中海から時間を割いて、こんな日本の山奥まで仁義を切りにきてやったっつうのによ。はい、わかりましたと帰るわけにはいかねぇんだ。

俺は腹が立ってならず、スーツの下に手を入れ、ショルダーホルスターに差してあるワルサーPPK/Sを取りだし、三代目の額に銃口をむけた。だが彼は少しも恐れることなく、それどころか穏やかな笑みさえ浮かべていた。

相変わらず短気だな。子どもの頃から少しも変わらん。いいか？　血を流すことで問題を解決するようじゃあ、詐欺師としても英雄としても、そして人間としても失格だ。

どうしてあのとき俺はワルサーPPK／Sの引き金を引かなかったのだろう。いや、引くつもりだった。だが指が動かなかったのだ。

それから間もなく、三代目ツチノコが亡くなったという情報が流れてきた。そして俺は四代目ツチノコを勝手に名乗り、汚いやり口で美術品を奪い取っていった。ツチノコの名を貶めるためである。

そもそも資産運用として美術品に投資するような輩が、嫌いだったのだ。デボラ・ボナール公爵夫人の絵画にしたって、シンガポールのフウ一族から寄贈されたというが怪しいものだ。三千万ユーロは下らない代物を、タダで譲るようなおめでたい人間がこの世にいるはずがない。慈善活動を隠れ蓑にして保有していたのだ。偽善以外の何物でもない。

至高の芸術作品をそういった腐った者達の手から解放しなければならない。真に相応しい者の手にあるべきだ。

つまりこの俺である。

今回のターゲットは『踊るビーナス』だった。スペインのチンピラごときが所有するには、あまりにもったいない。だから俺はいつもどおり、インターポールの狼ことマルセル真梨邑に化け、近づいた。

すると先回りをして『踊るビーナス』を狙う連中があらわれた。これぞまさしく三代目ツチノコといちばん親しかったダー子、リチャード、ボクちゃんだったのだ。

最初は俺を潰しにきたのかと警戒し、三人を追ってきた警視庁捜査二課の丹波とコンタクトを取り、日本のゴッドファーザー、赤星栄介から貴重な情報を得ることもできた。そう言った意味では感謝状を贈りたいほどである。

三人は俺の正体を知らず、それどころかべつべつに腕比べのために『踊るビーナス』を奪い取ろうとしていただけだとわかった。そこで俺はその状況を利用することにした。

それにしてもリカルドの言うとおり、こうも歯ごたえのない相手だとは、思ってもみなかった。笑ったのはリチャードである。自らツチノコを継ぐのを断ったくせに、勝手に四代目ツチノコを名乗る俺のやり口を真似て、『踊るビーナス』を手に入れようとするなんて、どういうつもりだったのだろう。

こんなヤツらにツチノコを継がせようとしていた三代目は、どうかしているとしか思えなかった。所詮、俺の敵ではない。だがこの先も目障りだし、不愉快な存在であることには変わりなかった。

ならばと俺は『踊るビーナス』を手に入れるだけでなく、この三人もまとめて始末することにした。死体の横にはツチノコのカードを置くつもりだ。そうすればツチノコの名はいよいよもって地に堕ちるだろう。

ざまあみろ。

俺をコケにした報いだ。


ヴァレッタを遠く離れ、周囲には野原が広がり、人影どころか車の往来もない一本道を走っていると、数トンはある巨大な石が、縦横にいくつも積み重ねられ、建物らしきカタチを成している光景が見えてきた。四千五百年から六千年も前、エジプトのピラミッドよりも遥か昔に、これだけのものを人間の手だけで造ったとは、到底信じられない。

マルタには巨石神殿が三十ほど点在しており、じきに到着するのはそのうちのひとつだ。ここで死者や先祖を祀っていたという説もあり、ならばダー子達の死に場所としても相応しいはずだ。

「ボスッ。なんですかね、あれ？」

リカルドの視線はフロントガラスの上のほうにむけられていた。中型のヘリコプターが飛んでおり、しかも見る見るうちに高度を下げ、遂には俺達が走る一本道の百メートルほど先に降り立った。

「どうします、ボス？」

「車を停めて、しばらく様子を窺うとしよう」

俺はまだ手元にあった『踊るビーナス』を足元のバッグにしまった。ヘリコプターから数名が降りて、こちらへむかってくる。

「あれは野良犬？」

リカルドが呟く。先頭を歩くのが、警視庁捜査二課の丹波だったのだ。さらにそのうしろの男女にも見覚えがあった。

「昨夜はウイスキーをたらふくご馳走していただき、ありがとうございます」

俺が車窓を開くなり、丹波はそう言った。

「とんでもない。だいぶ酩酊なさっていたので、心配していたところですよ」

「いや、まったくお恥ずかしい。これでも若いうちはウワバミの丹波と言われていたのですがね。さすがに寄る年波には勝てません。だがまあ、気絶したあとに呑まされたのははじめてでしたので」

「なにかご用ですか」

「うしろのコンテナに私の獲物が乗っているでしょう。見事な手口で、三人まとめて捕まえていただき、ありがとうございます。どちらへ連れていくおつもりだったのかは存じませんが、いまここでお引き渡し願えませんか」

「ご冗談を。あなたにはそんな権限はないでしょう？」

「真梨邑捜査官は土下座をご存じで？」

「日本の悪しき風習ですね」

「私もそう思います。だが相手によっては信じ難い効果を発揮します。そこで赤星栄介で試してみたところ、私の願いを叶えてくれました」

「あなたの願い？」

「被害届をだしてくれたのです。これにより総額五十億円の詐欺容疑でダー子、リチャード、ボクちゃんに逮捕状を発行できました。三人の身柄を引き渡してもらいます」

「私はインターポールから全権を任されているんですよ。そうやすやすとは」

「はじめまして」丹波の背後から、恰幅のいい紳士があらわれ、俺にむかって身分証を見せた。「駐イタリア日本国特命全権大使、石塚武夫と申します」

「在外公館警備対策官、富田林保です」

「防衛駐在官、一等海佐佃麻衣。警察庁より委任され、被疑者の身柄を拘束します」

「マルタ政府も了承済みです」石塚大使が言った。「不満があるなら、外交ルートで抗議なさい」

富田林と佃に見覚えがあったのは、赤星のスマホで写真を見ていたからだ。つまり正真正銘の本物である。

「このくらいの人数なら、俺ひとりでじゅうぶんヤれますよ」

リカルドは英語で言い、懐に手を入れる。

「運転席の方。なにをひとりでおヤりになるので？」

それまで日本語だった石塚大使が、流暢な英語で訊ねてきた。

「なんでもありません」俺は日本語で言う。「出来の悪い部下でしてね。シリアスな状況になればなるほど、つまらない冗談を口にする。日本人の生真面目さを見倣わせたいものです」

「どうしたんですか、ボス？」

「いいからおまえは黙ってろ。なにもするな。ここは俺に任せるんだ」

「ボス、それはフリ？　それとも命令？」

「命令だ」

チンケな三流詐欺師ならまだしも、日本国大使館の官職を三人も殺してしまったら、今後の活動に支障がでかねない。今回は『踊るビーナス』のみで諦めるとしよう。これでダー子、リチャード、ボクちゃんが日本の牢屋にぶち込まれれば、居場所は確実にわかるというものだ。預けていると考え、いつか機会を見て、始末しにいけばいい。

俺はトラックを降りて、うしろに回る。そしてコンテナのドアを開いた。

# XIV　ボクちゃん（六日目）

「きれいだね」

　ダー子の声がヘッドホンから流れてくる。ヘリコプターに乗ると、各自着けるように言われたのだ。実際、空に舞い上がっていくと、プロペラやエンジンの音が大きいため、右隣に座るダー子でも地声での会話はできそうになかった。ちなみに左隣はリチャードで、そのむこうに五十嵐が、正面には日本国大使館の三人と丹波が横一列に座っていた。

　ダー子がきれいだと言ったのは、海に落ちていく夕陽だ。思えば長い一日だった。昨夜、麗奈がさらわれてから、まだ二十四時間経っていないのだ。

「ボクちゃん、リチャード、ありがとう。ふたりのおかげで楽しかったよ」

「こちらこそだ、ダー子さん」

「これでよかったんだ。日本で罪を償って、静かに暮らそう」

　ボクちゃんは自然と涙が溢れでてきてしまい、慌てて顔を伏せ、手の甲で拭った。するとヘッドホンを通して、プププと吹きだすのが耳に入ってきた。それもひとりふたりではない。けっこう大人数だ。ボクちゃんが顔をあげると、自分以外の全員が笑っていた。

「な、なにがおかしいんだっ」

「ボクちゃん、まだ気づいていないの？」とダー子。

「気づいていないってなにが？」

「それでは、日本国大使館のお三方、一斉にオープンしてくださいっ」

ダー子が言うと三人は自分の下顎をがっちりと摑んだ。そして上に捲《めく》りあげていくのを見て、ボクちゃんは呆気にとられた。顔に貼り付けていた仮面というか、特殊メイクを剝いだのである。佃はモナコ、富田林はちょび髭と、このふたりはまだしも、石塚の下からでてきた顔を見て、ボクちゃんは愕然とした。

「あ、赤星がどうしてここに？」

「私がマルタにいくって情報を流したら、五十億円を奪い返すために、ぜったい追いかけてくると思ったんだよね」

「そんなもん俺にとっては端金だ」

「だったら私のファンで、追っかけをしているから」

「莫迦を言え。これは地中海進出の足がかりだ。そのために俺がおまえらを利用したわけで」

「まあまあ」ダー子が猛獣をあやすように言った。「赤星さんには今回、大活躍していただいたのは事実ですので、後日、メソポタミア文明最古の彫像のひとつ、グエノルキャットをお送りします」

「どうせまたガラクタを送りつけてくるつもりだろ。©ダー子にはもう飽きたわっ」

「なにをおっしゃいます」ダー子はなおも丁寧な言葉遣いで言う。「正真正銘の本物、まさにかけがえのない歴史的遺物、五十億円を軽く超える代物です」

「嘘をつくなっ。おまえはぜったい俺を騙すだろ」

「騙すと見せかけて本物を送るという、新手の騙しを仕掛けてくるかもしれませんよ」とモナコ。

「っていうか赤星さん、もう騙されるものと思っちゃっているんですね」これはちょび髭だ。

「うるさいっ」赤星の怒鳴り声が耳をつんざく。

「なんにせよだ」リチャードがニヤつきながら言った。「いまやシンガポールの若き実力者、フウ一族当主のミシェル・フウ、ほんの二年前は我らが仔猫、コックリを苦しめたことが許せなくて、我々に協力したんでしょう?」

「ま、待ってくれ。ぼくはつい最近、コックリに連絡を取って、頼み事をしたけど、そんな話はこれっぽっちも」

「そりゃそうよ」とダー子。「ボクちゃんからなにか連絡があっても、私達の作戦は黙っててくれって、お願いしといたもの」

「わ、私達の作戦ってなんだ?」

「四代目ツチノコを勝手に名乗るヤツをギャフンと言わせちゃおうぜ大作戦よ」

昭和の香りが漂う古臭い作戦名だ。いまどきギャフンなんて言葉を使う人間はいまい。

いや、そんなことよりもだ。

「四代目ツチノコを勝手に名乗っていたのは、リチャードだろ」

「それも作戦の一環に過ぎない」当のリチャードが言った。「よく考えてみたまえ。いま『踊るビーナス』を持っているのはだれだ？」

「マルセル真梨邑ですが」全員の視線がボクちゃんに集中している。「え？　まさか、彼が四代目ツチノコ？」

「を名乗っていた不届き者」とダー子が付け加える。

「インターポールの捜査官が？」

「インターポールには狼と呼ばれる優秀な捜査官、マルセル真梨邑がたしかに存在する。でも彼ではない」

リチャードがそう言った直後だ。

「はじめまして、ボクちゃん」聞いたことのない女性の声だ。「私がインターポールのマルセル真梨邑です」

え？　ええ？　むかいあわせで座る八人の中にはいない。声はすれども姿は見えずだ。

「どこにマルセル真梨邑が？」

「このヘリコプターを操縦しているのが彼女だよ」

　マルセル真梨邑が女性？

「ごめん、情報量が多過ぎて、全然飲みこめない。順序だてて説明してくれ」

　二ヶ月ちょっと前だ。ダー子の許にミシェル・フウことコックリが訪ねてきた。彼女がフランスのシャンパーニュ地方に住む公爵夫人に寄贈した絵画が何者かに盗まれてしまったのだという。ベルナール・ベーの『我が家』である。すると公爵夫人の許にインターポールのマルセル真梨邑を名乗る男性とその部下、リカルドがあらわれた。これはツチノコの仕業にちがいない、我々はツチノコの捜査の全権を任されている、捜査継続中だからマスコミをはじめ、だれにも洩らさないでほしいと口止めをした。

「コックリは『我が家』を奪われたことよりも、施設の子どもをさらい、人質にした手口に腹を立てて、私にツチノコを捕まえて、メッタメタのギッタギタにしてほしいと頼んできたの。たしかに三代目がだれにも引き継がせなかったツチノコの名を騙る不逞の輩は退治せねばならぬと思ってね。早速、リチャードに相談したんだ」

「ダー子さんからその話を聞いて、私はインターポールのマルセル真梨邑を名乗る男性が怪しいと睨んだ。かくして五十嵐、ちょび髭、モナコに協力してもらい、マルセル真梨邑について調べたところ、本物は女性だと突き止めた。ではニセ真梨邑は何者か？　四代目ツチノコが盗みを働く度にあらわれるので、その容姿を捉えた写真や監視カメラの動画などはたやすく手に入れることはできたものの、なかなかシッポが摑めない。地中海一帯を牛耳る犯罪組織を束ねていたボスに取り入って、その座を騙し取った、天才詐欺師らしいとまではわかったが、いまもって、名前も素性も謎のままだ。ただしさらに調査を進めていくうちに、このニセ真梨邑が、四代目ツチノコを騙る、つまりはニセツチノコと同一人物という線が強くなっていったのだ」

「ニセツチノコの犯行後ならまだしも、犯行前にニセ真梨邑がノコノコあらわれるケースがいくつかありました」とこれはモナコだ。「あなたの美術品がツチノコに狙われているといって、自宅に潜入し、その間取りと美術品の在処と真贋、さらには家族構成や友人関係などの情報を入手したのち、ニセツチノコとして誘拐を働き、美術品との交換を迫っていたのです」

「そこで我々はニセ真梨邑にしてニセツチノコというニセニセ野郎に罠を仕掛けることにした」

ダー子がニンマリ笑う。

それが行方不明の古代ギリシャ彫刻、通称『踊るビーナス』だったのか。

となると。

「ゴンザレスと麗奈は仔猫?」

「もちろんです」今度はちょび髭だ。「ふたりはボナール公爵夫人の恩を受けた人間なんです。麗奈は夫人が多額の寄付をしている児童養護施設の出身で、ゴンザレスは夫人の説得でマフィアから足を洗いました。さらに言うと、ふたりは夫人のフェイスブックを介して知りあい、半年前に結婚したばかりの新婚ホヤホヤでして、〈Que Será, Será〉という名前のあの家も、ほんとにふたりの住居です。あ、ちょっと待ってください」

スーツから取りだしたスマホにむかって、ちょび髭は話しかけた。

「どぉうもぉ、お疲れ様ですぅ。この度はいろいろとお世話になりましたぁ。いま沼田誠之助ことボクちゃんに代わりますねぇ」

ボクちゃんはちょび髭からスマホを受け取る。そこには仲睦まじく、顔を寄せたゴンザレスと麗奈が映っていた。

「沼田さぁん、じゃなくてボクちゃんさぁん、お疲れ様だっぺぇえ」

「き、きみはあの、ほんとに栃木の真岡出身？」

「ほんとだべ。正直言うと、ボクちゃんの栃木弁、いまいちだったっぺよ。もっとU字工事の漫才を見て勉強したほうがええ」

「心臓が悪いというのは？」

「ほんとだけど、だいぶよくなってきてるから、だいじだ。だけどきょうだい三人、シンガポールで暮らすのはどうだっぺって、ボクちゃんに言われたときは感動したよ。このひとはほんとにイイひとだって。ダーリンより先に会っていたら、ホレてるところだべ」

「十一歳の弟と八歳の妹は？」

ボクちゃんが訊ねた途端だ。麗奈の前にふたりの子どもがあらわれた。

「ほんとはゴンザレスと結婚してから、いっしょにこっちで暮らしているんだ。ただ今回、ツチノコ相手に家を使うんで、友達ん家に預げでだの」

「きみが一昨日の晩、金庫からだして隠したはずの『踊るビーナス』はどこに？」

「ここにありまぁす」

おなじ画面にあらわれたのはコックリだ。その手には『踊るビーナス』が握られている。

「これってフウ家のコレクションで、今回の作戦でお貸ししていたんですぅ。一昨日の晩に麗奈さんから受け取って、というか返してもらっていましたぁ」

「ではいま真梨邑が、いや、ニセ真梨邑にしてニセツチノコが持っているのは」

「ヴァレッタを挟んで、スリーシティズと反対側の対岸の町、スリーマのとある教会にも、地下へ潜る装置が付いた懺悔室があってね」ヘッドホンを通じて、ダー子の声がした。「その地下の空間には贋作職人のアトリエがあるんだ。そこでつくってもらった『踊るビーナス』のダミーと本物を、麗奈さんに入れ替えてもらったんだ」

ということは。

「今朝、ドローンで運ばれ、ジェシーが受け取り、リチャードに預け、それをまたジェシーが奪い取って、ニセ真梨邑に渡したのが、そのダミー？」

「はい、そのとおり」

ダー子がそう言うと、まわりのみんなが一斉に拍手をした。莫迦にされているとしか思えない。

「ニセ真梨邑でニセツチノコのニセニセ野郎がニセ『踊るビーナス』を大事に抱え持っているのよ。でね。ニセニセ野郎は台座の底に貼った薄型GPSを外して、安心しているだろうけど、あのダミーには贋作職人に頼んで、GPSを内蔵してもらっていたの。だからタンバリンをはじめ、日本国大使館の官職にバケた三人も、ヘリコプターで追いかけてくることができたってわけ」

「車でもよかったんだけどね」リチャードが苦笑しながら言う。「ダー子さんがいっちょド派手にいこうというもんだからさ」

「だって本物の真梨邑さんがヘリコプターの操縦できて、インターポール本部に連絡をすれば、一台くらいは借りられるっていうんだもの」

「せっかくマルタにきても、ろくに観光もできませんでしたからね」本物の真梨邑が言った。「せめて空の上からでも眺めたいと思って、提案させていただきました」

ひとまず麗奈ファミリーとのビデオ通話を切り、スマホをちょび髭に返してからだ。

「ダー子、いまさっきタンバリンって言ったのは」

「私めのことでございます」丹波が手を挙げた。「ご挨拶が遅れました、ダー子師匠の弟子、タンバリンです。ずっとケチな詐欺師をやっておりましたが、この歳になって一度でも大仕事をやり遂げてみたいと考えまして、ダー子師匠に会いたい一心で、警視庁捜査二課の刑事にバけ、赤星さんのところへ伺いまして」

「もちろんニセ刑事だとわかって、つまみだしてやったさ」と赤星。

「でもその後、警視庁捜査二課以上の捜査能力を発揮し、俺のところまで辿り着いた」五十嵐が話を引き継ぐ。「あまりの熱心さにほだされてね。ダー子さんに紹介したんだ」

「でもまさかこんな大仕事を任されるとは思っていませんでした。それに最後のほうで、とんだしくじりをしてしまい、申し訳ありません」

「しくじりってどんな？」ボクちゃんは思わず訊ねた。

「リカルドにスタンガンを食らったうえ、意識不明のままで、ウイスキー一本分を呑まされまして」

「そんなヒドい目に？」

「夜中にニセ真梨邑と連れ立ってでかけたのは作戦どおりだったけど、そのあとにリカルドがでていってさ。しかもニセ真梨邑とリカルドだけ戻ってきたから、タンバリンになにかあったにちがいない、最悪、ふたりに拷問でもされて、作戦の全貌を洗いざらい吐いてしまったのではと思ってね。ひとまずモナコとちょび髭に連絡をして、捜してもらったんだ」

「ダー子さんから聞いて、ふたりして慌てて、ノッテ・ビアンカで賑わう町中を捜し回りましたよ」とちょび髭。

「街角のマリア像の下で酔い潰れていて、地元警察に連れていかれそうだったところを、私達の知りあいです、ご迷惑をおかけしました、と詫びて引き取って、ホテルに連れて帰ったんです」これはモナコだ。

「まったくもって面目ありません」丹波は深々と頭を下げる。

「でもタンバリンが案内せずとも、ニセ真梨邑は教会の下にある地下通路を見つけたんだから結果オーライだ」リチャードがフォローするように言った。「しかもニセ真梨邑は夜のうちに、私のアジトまで見つけながらも、引き下がっていった。彼自身で我々の作戦どおりの動きをしてくれたわけだ。その後も素知らぬ顔で、『踊るビーナス』を一旦は私に盗ませ、私のアジトにダー子とボクちゃんを連れていき、三人まとめて捕まえ、『踊るビーナス』を取り戻した。GPS内蔵のダミーと知らずにね」

「ジェシーは？　彼はどっち側の人間だったんだ？」

「もちろん私達よ、当たり前でしょ」ダー子はそんなこともわからないのかと言わんばかりだ。「警視庁捜査二課に扮したタンバリンが、ニセ真梨邑と赤星を引き合わせていたの」

「俺はリチャードこそが四代目ツチノコだと、ニセ真梨邑に信じこませる役目だった」と赤星。「リチャードが『踊るビーナス』を盗むため、地元民をスカウトしてつくった即席の実行部隊に、俺の手下を送りこんだというニセ情報をニセ真梨邑に流した。さらには念には念をと思って、リチャードにスカウトされているところを、ジェシーが盗み撮りをした設定のニセ動画まで撮影して、それをニセ真梨邑に見せ、信憑性を高めた。じつのところ、リチャードの許で働いていたジェシー以外の三人も、俺の手下だったんだが」

「ジェシーがフレディと呼ばれていたのは」

「ニセ真梨邑を騙すニセ犯行とはいえ、実行するにあたって、本名ではなく、カッコイイ呼び名があったほうがいいと思ったのさ」ボクちゃんの問いに、リチャードが答えた。「四人の配下にはフレディ、ブライアン、ジョン、ロジャーと名付けたんだ」

　クイーンのメンバーか。

「どう、ボクちゃん。四代目ツチノコを勝手に名乗るヤツをギャフンと言わせちゃおうぜ大作戦について、だいたいわかってもらえたかしら？」

「三人で腕比べという段階から、ぼくは騙されていたのか？」

「そういうことになるわね」

「地球儀をまわして、リチャードが指差したのがマルタだったのも」

「あれは私とリチャードの練習の成果よ。偶然を装ったほうが信じてもらえるからさ」

実際、ボクちゃんは信じてしまった。

「マルタにきてから、ぼくと五十嵐が通じていたことも、きみは知っていたんだな」

「私達の部屋に超小型監視カメラが仕掛けてあったこともね。だからこそボクちゃんは、私が狙う『踊るビーナス』を奪い取ろうとしたんでしょ？」

まったくもって、そのとおりだ。ダー子の手の平の上で転がされていた自分が情けなくなった。

「まあまあボクちゃん」そんなボクちゃんに、とうのダー子が慰めるように言った。

「今回は総力戦、全員が最大の力を発揮しなきゃ勝てない作戦だった。ボクちゃんがいちばん力を発揮するのはどんなとき？　騙されているとも知らず必死になっているときでしょっ」

「だからってあんまりだっ。リチャードまでひどいぞ」

「悪いと思っている。でもきみは言ったね。私はもう年で無理が利かないと。不愉快だった。だから徹底的に騙してやろうと思った。言っちゃなんだが夜空に浮かぶツチノコのサーチライトなんて、けっこうな額がかかったんだからな」

いったいなにが起きているんだ？

あれを見て、ニセ真梨邑が声を上擦らせていたのを、ボクちゃんは思いだした。ニセツチノコの自分を遥かに上回る、ド派手な演出に度肝を抜かれていたにちがいない。

「なんにせよ今回は楽しくてたまらなかった。若さを取り戻した気分だ。あまりのうれしさに、思わず歌まで唄ってしまったくらいだ。アァァイ・アム・ザ」

「やめろっ」「勘弁して」「サイアク」

唄いだそうとするリチャードを全員が止める。そんな中、ボクちゃんはがっくり肩を落とした。

この作戦で負けたのはニセ真梨邑だけではない。ぼくも完敗だ。結局、サインボールを騙し取って、悦にいっていたあの頃から、ぼくは少しも進歩していないのだ。

「他にまだなにか質問はある、ボクちゃん?」

ボクちゃんが首を横に振ると、「ひとつお訊ねしてよろしいでしょうか」と丹波ことタンバリンがふたたび手を挙げ、興味深そうに訊ねた。「騎士団の地下都市はほんとにあったのですか」

「どうかしら」ダー子は首を傾げる。「マルタの地下にトンネル網が広がっているのはたしからしいの。某公国の女王がマルタの地下都市の存在を信じていてね。二十世紀のおわりから二十一世紀にかけての数年間、巨額を投じ、秘密裏に調査したものの、見つからなかったそうよ。結論としては、トンネル網はマルタの町に必要な水資源を供給するための水道システムだったという説が有力みたい」

「某公国の女王というのは」タンバリンがその名を言った。

「なんだ、知ってたの？」とダー子。

「『月刊モー』読者では有名な方です。彼女は地下都市どころか地球空洞説を信じていて、いまも世界各国で調査をしていますからね」

そう言うからには、タンバリンも『月刊モー』の読者なのだろう。

「その某公国の女王って」ボクちゃんはその名前を聞いて、思いだしたことがあった。「みんなで腕比べをしたときに三代目ツチノコが騙した？」

「よく思いだしたね、ボクちゃん」と言ったのはリチャードだ。「あのとき三代目は、いつか役立つのではないかと、某公国の女王が調査して作成した、マルタ島のトンネル網の図面をもらったんだ」

三代目の戦利品は、ランボルギーニと山ほどの宝飾品、そして。

「地中海に浮かぶ島の一部って、それのこと？」

「そのとおり」リチャードが深々と頷いた。「地下へ潜る装置もすべて記されていて、今回、フルに活用させてもらった。贋作職人のアトリエも、三代目がつくったものなんだ」

「それではみなさん」ダー子が一同を見回した。「四代目ツチノコを勝手に名乗るヤツをギャフンと言わせちゃおうぜ大作戦の成功を祝って三本締めをしたいと思います。お手を拝借、いよぉぉぉぉっ」

「ちょっと待った」ボクちゃんは慌てて止めた。「ニセ真梨邑でニセツチノコのニセニセ野郎を、このまま野に放っておくのはどうなんだ?」

「ニセニセ野郎が大事に抱えたニセ『踊るビーナス』に内蔵されたGPSで、行き先は丸わかりだからね。あとはホンモノの真梨邑さんにお任せするわ」

「了解です。どうぞお任せくださいっ」

「では改めてお手を拝借、いよぉぉぉぉっ」

# XV　私（七日目）

ダー子達と別れたあと、私はすぐさま私の偽者を追った。ニセ『踊るビーナス』に内蔵されたGPSのおかげで、その日のうちにマルタからイタリアに渡り、翌日にはフランスへといった具合に、私の偽者の動きは手に取るようにわかった。

私はインターポール本部に連絡し、私の偽者を発見したこと、そのうえ四代目ツチノコを騙り、卑劣な手口で数々の美術品を奪っていた犯人であったことを告げ、協力を求めた。するとフランスの警察からの援軍もあり、三十人にも上る大人数で、私の偽者を捕まえるため、むかった先はマルセイユだった。イタリアの金庫メーカーに潜入し、社長秘書として働く、ダー子の同業者である星が言っていたとおりである。

マルセイユの森の奥深くに、私の偽者が辿り着いたのは、夜の七時過ぎだった。五分ほど遅れて、我々も到着したのだが、そこにあったのはひとが住めそうにない、ボロボロのあばら家だった。ひとまず二十人ほどがまわりを囲み、私を含む残りの十人で中へ入ると、表からは想像ができないほどの荘重で巨大な、円形の鉄扉があった。これぞまさしくイタリアの金庫メーカーがつくった金庫室にちがいない。鉄扉が全開になっているのは、私の偽者とリカルドが入っていったからだろう。中から見られないよう、足音を忍ばせ近づいていく。全員、銃を構えながらだ。するとそのときである。

「ギィィィヤァァァァァァッ」

悲鳴というか奇声が金庫室から聞こえた。私を先頭に、一斉になだれこんでいく。声をあげていたのは私の偽者だ。何事かと思ったが、理由はすぐにわかった。

金庫室にはなにもなかったのだ。

そんなはずはない。ここは私の偽者が、四代目ツチノコを騙り、世界各地から盗んできた美術品、ジャコメッティの『眠る老人』、ピカソの『怒る女』、広重の『神田扇橋』などがあるはずなのだ。実際に私の偽者は、ここに隠すつもりで、本物と信じている二セ『踊るビーナス』を抱え持っていた。

ならばどうしてなにもないのか。

私はすぐに気づいた。

ダー子達の仕業だ。

でもいつの間に？

マルタ共和国で私の偽者相手に、あれこれ仕掛けている六日間のうちに、ダー子達の仔猫が根こそぎ持っていってしまったのだろう。そのあいだは私の偽者がここへくる心配はないからだ。

星の話どおり、元はワイン貯蔵庫だっただけあって、金庫室ぜんたいが縦に細長く、奥行きがあった。その美術品の数も膨大だっただろう。もしかしたら六日まるまるかかった可能性もある。

待てよ。

よろしければダー子に協力してやってくださいなと言って、星が深々と頭を下げたのは、この私も邪魔なので、マルタ共和国へいかせるためだったのだ。

この場所は？

マルセイユのどこですかと私が訊ねたとき、そこまで詳しいことは知りませんと星は答えた。でもあれは嘘だったのだ。

鉄扉はどうやって開けた？

それも星だ。金庫メーカーの内部のどこからか、ロックを解除する手段を仕入れたにちがいない。

四代目ツチノコを勝手に名乗るヤツをギャフンと言わせちゃおうぜ大作戦は、これで完結だったのだ。

「だ、だれだ、貴様はっ」

私の偽者に訊かれ、答えかけたところに、「ボスッ」とリカルドが奥のほうから駆け寄ってきた。

「一枚だけ絵が残っていました。これだけでも」

「あ、ああ。そうだな」私の偽者はどうにか取り繕いながら言った。「これぞまさしく、ベルナール・ベーの『我が家』。シャンパーニュ地方のとある屋敷から盗まれたこの絵を探し求め、我々はここに辿り着いたのです。っは。ははは」

「失礼ですが、どちらさまで？」

今度は私が訊ねた。すると私の偽者はいけしゃあしゃあとこう答えた。

「インターポール特別捜査官、マルセル真梨邑です」

「それは奇遇。私もインターポール特別捜査官、マルセル真梨邑です」私は身分証を私の偽者に見せた。「やっと会えました。私の名前を騙る人物に」

「ボス、どうしますか」そう言いながら、リカルドは私の偽者に『我が家』を預けた。目を爛々と輝かせ、舌舐めずりをし、凄まじい殺気を漂わせている。まるで血に飢えた獣だった。「このくらいの人数ならば、俺ひとりで片付けられますぜ」

「表はこの倍の数の警官が取り囲んでいる」私は忠告した。少しビビっているのも事実だ。「無駄な抵抗はやめなさい」

「無駄かどうか試してみるまでさ」

リカルドが懐から軍用ナイフを取りだす。

「よせ、リカルドッ」

「ボスッ。それはフリですか、それとも命令？」

一瞬、間を空けてから私の偽者は言った。

「フリだ」

するとリカルドは咆哮をあげ、私に飛びかかってきた。

結論から言えば、私の偽者を捕えるのに、重軽傷者が二十人以上もでてしまった。すべてはリカルドの軍用ナイフ一本のせいである。私も深手を負い、ひと月近く入院する羽目になった。

マルタ共和国にふたたび足を踏み入れたのは、十一月後半だ。たしかめたいことがあったのである。まずゴンザレス宅を訪ねた。〈Que Será, Será〉という名前のその家には、ひとのよさそうな老夫婦がふたりで暮らしていた。夫の名はジェラール・ゴンザレスで、地元の水球チームに多額の寄附もしていたが、私の知るチョイワル親父ではなかった。妻もレナという名であっても、日本人ではなく、夫とおなじスペイン人だった。九月のおわりから十月アタマの半月以上、ラジオ番組の懸賞で当てた世界一周旅行にでかけていたらしい。

ヘリコプターの中で、ダー子達はボクちゃんに種明かしをしていたが、そのすべてが事実ではなかったわけだ。それはそうだ。詐欺師の言葉を信じるなんて、インターポールの狼も焼きが回ったと言われても仕方がない。

つぎにむかったのはスリーマにある教会だ。懺悔室の懺悔する側に入り、古ぼけてだいぶガタがきている椅子に座った。そしてすぐ横の壁に手をつけ、押したり引いたり叩いたりしたものの、びくりともしなかった。

「失礼ですが」

壁の反対側から声がした。告白を聞く司祭の部屋との境にある窓が開いていたのだ。窓といっても、ごく小さくて、お互いの顔は見えない。

「す、すみません。あ、あの」

司祭がきたのかと慌てる私に、小さな窓からの声はこう言った。

「インターポールの狼さんですよね」

日本語で、どうやら高齢の男性らしい。

「あなたは？」

「ツチノコです」

はぁ？

「今回はいろいろご迷惑をおかけして申し訳ありません。そのうえでお願い事をするのは心苦しいのですが、よろしいでしょうか」

言葉遣いは丁寧だ。しかし断ることのできない威圧感が壁越しにでも感じられた。

「なんでしょう？」

「椅子の下に紙袋があります。その中のモノをボクちゃんにお渡し願いたい」

「ボクちゃんって、あのボクちゃん？」

「そのボクちゃんです」

「でも私が彼に会うことなど」

「そうでしょうか」壁のむこうの老人はクスクスと笑った。「このままで引き下がるあなたではないと思うんですがね。つぎの獲物としてダー子、リチャード、ボクちゃんの三人は相応しいと思いませんか」

「もしかしてあなたは三代目ツチノコ？」

「だったらどうします？」

「でも死んだはずでは」

「死んだと思われた詐欺師は必ず生きている。ポール・ニューマンとロバート・レッドフォードだって、そうだったでしょう？」

なんの映画か、私はすぐに気づいた。だがいまはそれどころではない。

「あの三人はあなたの弟子ですよね。なのにどうして私にむかって、そんなことをけしかけるんですか」

「敵が強ければ強いほど、詐欺師の腕は磨かれていきますからね。よろしくお願いします」

私はすかさず表にでて、司祭の部屋の扉を開いた。だがそこにはだれもいなかった。

白昼夢でも見ていたのか、私は。

それまで自分が座っていた椅子の下を覗く。茶色の紙袋があった。手に取って中を覗くと、野球のボールだった。十数年前、大リーグで活躍した日本人選手のサインが書いてある。

なぜこれをボクちゃんに？

理由はボクちゃんに訊ねるしかなさそうだ。


さらに月日が経ったのち、私は日本を訪れた。そして都内を歩いていると、映画館の看板が目に入り、ギョッとした。そこにはダー子、リチャード、ボクちゃんの三人が並んで立っていたからだ。

だがよく見ればちがった。三人を演じている役者だったのだ。私はチケットを買い求め、その映画を観ることにした。それはまさしく、マルタ共和国を舞台に、『踊るビーナス』を巡り、ダー子達と私の偽者が丁々発止と渡りあうドラマだった。

私の偽者は、いくらなんでもかっこよすぎた。だがそれを言ったら、私を演じる役者も美人すぎて、なんだか申し訳ない気持ちに襲われた。

私にはある疑問があった。ダー子達がなぜ、私の偽者をギャフンと言わせたかったのかである。実際はギャフンどころか、ギィイィイヤァァァァァッという奇声だったにせよ、その理由がわからなかった。

それが映画を観てわかった。三代目ツチノコの家の縁側で、三代目とダー子はこんな会話を交わしていたのだ。

「気がかりなのは俺がいなくなったら、勝手にツチノコを名乗るヤツがでてきちまうだろうってことだが」

「そのときは私達が退治してあげるよ」

「悪いな」

「いいの。私は三代目に救われたからさ」

「救われた？　俺はなにもしてやってないだろ」

「であわせてくれたよ。大好きなひと達に。孤独じゃなくしてくれた。私ね、一生離さないんだ」

「奴らにとっちゃあ災難な話だな」

「これ以上ない幸せな話でしょっ」

ダー子の言う大好きなひと達とは言わずもがなだろう。ヘリコプターを操縦しているあいだ、ダー子達が話しているのを聞き、私も仲間に入りたいと思っていた。そんなことができるはずないと、わかっていながらである。だからああも易々と騙されてしまったのだ。

映画の冒頭にはベルトルト・ブレヒトの戯曲、『ガリレオ・ガリレイの生涯』の台詞が引用されている。

〈英雄のいない時代は不幸だが、英雄を必要とする時代はもっと不幸だ〉

そして映画の後半、この台詞に呼応するような内容の手紙を、ダー子は私の偽者宛に書いていた。

「英雄とは力？　強さ？　それは正反対。英雄は弱さの象徴よ。うしろめたさが求めるブリキの冠。やましい心を隠す藁の鎧。英雄なんて幻なのよ。ほんとの強さは日々を懸命に生きる名もなき人々のこと。私達の人生を支えているのは、私達の近くや遠くにいる、幻なんかじゃない、私の大切なあなたやあなた。Ｂyダー子。愛をこめて」

映画を観ているあいだ、場内は何度も笑いが起こり、ラスト近くには啜り泣くひとも少なからずいた。私もそのうちのひとりだ。そして鑑賞をおえ、劇場をでていく観客を見ていると、だれしもが満足げだった。

もしかしたら。

ダー子、リチャード、ボクちゃんの三人こそが、現代の英雄なのかもしれない。

ならばいまの時代は不幸なのか。

いや。

いまこのときを不幸にするもしないも、それこそ私達の近くや遠くにいる、幻なんかじゃない、私の大切なあなたやあなた、なのだ。

（おわり）

この作品は、映画「コンフィデンスマンJP　英雄編」の脚本を元に山本幸久氏がアレンジし小説化したものです。

コンフィデンスマンJP
英雄編

脚本／古沢良太　小説／山本幸久

2021年12月21日　第1刷発行

発行者　千葉 均
発行所　株式会社ポプラ社
〒102-8519　東京都千代田区麹町4-2-6
ホームページ　www.poplar.co.jp
フォーマットデザイン　bookwall
組版・校正　株式会社鷗来堂
印刷・製本　中央精版印刷株式会社


Printed in Japan
N.D.C.913/245p/15cm　ISBN978-4-591-17259-9

落丁・乱丁本はお取り替えいたします。

電話（0120-666-553）または、ホームページ（www.poplar.co.jp）のお問い合わせ一覧よりご連絡ください。
※受付時間は月～金曜日、10時～17時です（祝日・休日は除く）。



P8101441

ポプラ文庫好評既刊

# セゾン・サンカンシオン

前川ほまれ

アルコール依存症の母親をもつ柳岡千明は、退院後の母親が入所する施設「セゾン・サンカンシオン」へ見学に行く。そこは、様々な依存症に苦しむ女性たちが共同生活を行いながら、回復に向けて歩むための場所だった。迷惑を掛けられてきた母親に嫌悪感を抱く千明だが、施設で同じくアルコール依存症を患うパピコとの出会いから、母親との関係を見つめ直していく——。人間の孤独と再生に優しく寄り添う感動作!

# 夏空白花

須賀しのぶ

1945年夏、敗戦翌日。昨日までの正義が否定され、誰もが呆然とする中、朝日新聞社に乗り込んできた男がいた。全てを失った今こそ、未来を担う若者の心のために、戦争で失われていた「高校野球大会」を復活させなければいけない、と言う。記者の神住は、人々の熱い想いと祈りに触れ、全国を奔走するが、そこに立ちふさがったのは、高校野球に理解を示さぬGHQの強固な拒絶だった……。

ポプラ文庫好評既刊

# けものよろず診療お助け録

澤見彰

同心の娘・亥乃が出会ったのは、比野勘八と名乗る青年。挙動が怪しいが、亥乃が抱えるウサギの不調を見抜き、手当の方法を伝えてくれた。勘八は薩摩藩の武士だが、前島津公が集めた様々な動物が暮らす「蓬山園」を管理しており、動物の知識は藩邸一だという。勘八の下には不調を抱えた動物たちが連れてこられるが、その裏には色んな事件が隠れており……。もふもふ多め、心温まるお江戸の動物事件簿！

ポプラ文庫好評既刊

# 失せ物屋お百

廣嶋玲子

「化け物長屋」に住むお百の左目は、人には見えないものを見る不思議な力を持つ。お百はその目を使っていわく付きの捜し物を行う「失せ物屋」を営むが、そこに化け狸の焦茶丸が転がりこんできて――。忘れた記憶、幽霊が落とした簪。奇妙な依頼に隠れた江戸の因果を、お百と焦茶丸が見つけ出す。

# お宿如月庵へようこそ
## 湯島天神坂

中島久枝

時は江戸。火事で姉と離れ離れになった少女・梅乃が身を寄せることになったのは、お宿・如月庵。如月庵は上野広小路から湯島天神に至る坂の途中にあり、知る人ぞ知る小さな宿だが、もてなしは最高。梅乃は部屋係として働き始めるが、訪れるお客は、何かを抱えたワケアリの人ばかり。おまけに奉公人達もワケアリばかりで……。個性豊かな面々に囲まれながら、梅乃のもてなしはお客の心に届くのか？　そして、行方不明の姉と再会は叶うのか？

ポプラ文庫好評既刊

# 臆病同心もののけ退治

田中啓文

北町奉行所に勤める同心・逆勢華彦は、剣の腕はたつが、生来の臆病。その臆病がわざわいして捕り物でしくじり、尾田仏馬の組——通称「オダブツ組」に組替えとなってしまった。意気消沈して出仕した華彦を待ち受けていたのは、オダブツ組の意外な仕事——江戸の町に現れる魑魅魍魎を見つけ出し、吟味し、退治すること——だった。伊賀のくノ一、落語家、力士、人の心が読める子供……一筋縄ではいかないオダブツ組の仲間とともに、華彦は江戸の怪異に立ち向かう。

ポプラ文庫好評既刊

# 八幡宮のかまいたち
## 江戸南町奉行・あやかし同心犯科帳

永山涼太

「とりもちの栄次郎」の異名を持ち、事件解決の腕にかけては江戸じゅうで右に出る者のいない孤高の同心・望月栄次郎と、名奉行の三男で直心影流の使い手・筒井十兵衛のコンビが、「永代橋のたもとに弁慶の亡霊が出る」「八幡宮でかまいたちに切りつけられた」といった庶民を震え上がらせる不可思議な事件の解決に乗り出すことに。気鋭の若手時代小説作家による新感覚時代小説！